光文社文庫

文庫オリジナル

須美ちゃんは名探偵!?

浅見光彦シリーズ番外

内田康夫財団事務局

光　文　社

目次

第一話　花を買う男

1

「こんにちは！」

九月に入り、幾分、風に涼しさを感じるようになったが、須美子《すみこ》の声が商店街に響くと、店先が熱を帯びたように一気に賑わう。

「お！　須美ちゃん、今日は鮭とアサリのいいのが入ってるよ！」

「須美ちゃん、うちは旬のレンコンがあるけど、煮物にどうだい！」

「そうね、じゃあお夕食は鮭の塩焼きとアサリの味噌汁にしようかしら。あとレンコンは柔らか煮にしてお出しすれば、大奥様も喜ぶだろうし……」

吉田《よしだ》須美子が、浅見《あさみ》家へ住み込みのお手伝いとしてやって来たのは九年前。十八歳の春だった。浅見家に長年仕えてきたばあやの村山《むらやま》キヨが引退することになり、代わりを探していたところ、同郷の新潟で高校を卒業したばかりの須美子に白羽の矢が立ったのだ。

家族はこんな田舎で育った不作法な娘が由緒正しいお家《いえ》でお役に立つのか——と心配したが、須美子は「行儀作法が身について、お給料も貰えるなんてラッキーじゃない！」と、二つ返事で引き受けた。

もちろん須美子にだって不安がなかったわけではない。特に、新潟からほとんど出たことのない須美子にとって、大都会・東京に住むこと自体が不安そのものだと言っても過言ではなかった。だが、暮らしてみると浅見家のある北区西ケ原《にしがはら》は、都会とはいえ緑が多く、何より須美子を安心させたのは、近所の商店街に溢れる、昔ながらの人情だ――。

「じゃあ、磯川《いそかわ》さん、鮭とアサリをお願いします。それから八百吉《やおきち》さんはレンコンを二本、なるべく艶があってふっくらしているのをお願いね！　それからほうれん草を二把とニンジンもください」

若奥様の和子《かずこ》がお取り寄せした納豆もあるので、これで夕食の材料は揃ったことになる。あとは帰り道にある花春《はなはる》で、大奥様の雪江《ゆきえ》に頼まれた生け花の花材――リコリスとクジャクソウを買うだけだ。

大奥様のおつかいでよく立ち寄る花春は、小松原育代《こまつばらいくよ》という女性店主が一人で切り盛りしている生花店だ。花の質や品揃えがいいと、浅見家では須美子が来る前から重宝がられている。店主の育代はもうすぐ還暦のはずだが、笑顔がチャーミングな潑剌《はつらつ》とした女性だ。

彼女は結婚してすぐに夫を事故で亡くし、その後も、夫の実家がやっていた花春を一人で継いで頑張っている。須美子は大奥様に頼まれて花を買いに来るうちに、育代と親しく話すようになった。ハキハキとした口調や気っ風《きっぷ》のいい性格が似ているせいか、親子ほど年が離れているわりには、お互い友だちのように気安くなんでも言い合える間柄になっていた。

「こんにち……」

古めかしい木製のドアを開けると、ちょうど、他の客が出てくるところだった。須美子は黄色いカーネーションの花束を抱えた紳士に通路を譲った。

「失礼……」

男は中折れ帽子に軽く左手を添え、須美子に会釈して店を出ていった。

その後ろ姿を見送ったあと、須美子はあらためて、「こんにちは」と声をかけて店内に入った。

店の奥のカウンターに育代の姿が見える。頬に手を当てた姿勢のまま、須美子越しにドアの外にぼんやりと視線を向けていた。

「い、く、よ、さん？」

須美子は育代に近づき、顔の前でひらひらと手を振った。

「あっ、あら、須美ちゃん……いらっしゃい」

育代は、ハッとしたように須美子に焦点を合わせ、恥ずかしそうに頬を赤らめた。

「どうかしたんですか？　ぼーっとしちゃって」

「なんでもないわ」

「あっ、もしかして、さっきのお客さん？」

「なんでもないったら……」

　育代の頬はますます上気した。

　須美子は、先ほどすれ違った男性の姿を思い浮かべた。年齢は育代と同じくらいか少し上だろう。口ひげを蓄え、知的な感じのする紳士だった。

「あれ？　そういえばあの方、以前にもここでお会いしたような……」

「そうね、多分、須美ちゃんも会っていると思うわ。だって、ここのところ、毎日のように通《かよ》って来て、小さな花束を買っていってくださるんだから」

「えっ、毎日ですか？」

「そうなの。まあ、厳密に言うと週に五日なんだけどね。買ってくださるのは嬉しいんだけど、週五日はちょっと多いでしょう。なんだか気になっちゃって……」

　育代は人差し指でこめかみを軽く叩くような仕種をした。

「育代さんのお知り合いの方なんですか？」

「うーん、知り合いと言えなくもないのだけれど……」

　育代の答えに、須美子は小さく首を傾げた。

「夏前にね、中央図書館の生涯学習講座で、一、二度お会いしたことがあるの。ええと、たしか『百人一首の謎を読み解く』っていう講座」

「へえ、育代さん、百人一首にお詳しいんですか？」

「とんでもない！　わたしが知っているのは、『いくよねざめぬ　すまのせきもり』だけ。

それも小学生の頃、その札を見て、わたしの名前が入ってるから好きだなって思っただけよ。今では、この歌の意味どころか、上《かみ》の句も忘れてしまったくらい。元々わたしには文学の素養はないの」

そう言って、育代は恥ずかしそうに「えへへ」と笑って続けた。

「――そんなだから、わたしは行きたくないって言ったんだけど、ポリーシューズの村中《むらなか》さんから、一人じゃ勇気が出ないから一緒に来てほしいって頼まれちゃって断り切れなくて」

「そうなんですか」

須美子は育代らしいなと思いながら、自分の靴に視線を落とした。一年前、ポリーシューズの前を通ったとき、一目惚れしたお気に入りのアイテムだ。シンプルなベージュのローファーだが、アクセントに焦げ茶色の小さなリボンが付いている。立ち止まって見ていたとき、「絶対、似合うわ」と笑いかけてくれた女性が村中だった。第一印象は四十歳くらいかなと思っていたが、あとで知ったところによると育代と同年代で、しかも孫がいると聞いてビックリしたものだ。

「それでね、最初の一、二回だけ一緒に行ったの。その時、わたしの隣の席だったのがあの日下部《くさかべ》さん」

「あの方、日下部さんとおっしゃるんですね」

「ええ。日下部さんは今は非常勤だけど、春まで帝都大学の教授先生だったんですって。帝大教授なんていうから最初は堅物で怖い人かと思って身構えたけど、話してみるとても気さくでいい方なのよ」

「帝都大学の……ん？　『気さくな方』って、育代さん、日下部さんとはよくお話しなさるんですか？」

「よくってわけじゃないけど……でも、毎日のように来てくださるから、二言三言ずつしか言葉を交わさなくても、いつの間にか色々とお話ししたわねぇ」

「例えばどんな？」

須美子はなんだか二人のことが気になって質問を重ねた。

「別にたいした話じゃないわよ。お天気とか、どこの何が美味しいとか。あとはお互いの趣味の話くらいかしら」

「趣味ですか？」

「ふふふ。趣味って言っても、わたしはこの仕事が趣味みたいなものだから、お花の話ばかりなんだけどね」

そう言って笑う育代につられて、須美子も微笑《ほほえ》んだ。

「育代さんは本当にお花が好きですものね。それで、日下部さんは？」

「パズルとか暗号とかナントカの謎とか、そういうのがお好きなんですって。男のロマンってヤツかしらね。そうそう、それで例の『百人一首の謎を読み解く』っていう講座にも参加したらしいのよ」

「謎、ですか……」

須美子の頭に一瞬、浅見家の次男坊・光彦《みつひこ》の顔が浮かんだ。

(坊っちゃまと日下部さんは、話が合うかもしれないわね……)

光彦は三十三歳にもなるいい大人だし、年上なのだが、先代のキヨからの引き継ぎで、須美子は何年経っても、「坊っちゃま」と呼び続けている。そんな光彦は世間で割と知られた存在で、それは主に本業のルポライターではなく、趣味の探偵としてであった。

「——そうそう、最初にここへいらしたとき、例の講座の話が出たのよ。『最近いらっしゃいませんね』って言われて焦っちゃったわ。でも、正直に『友だちの付き添いで行っただけで、実は百人一首のことはよく知らないんです』って答えたの。さっき、須美ちゃんにも言ったけど、自分の名前が入ったあの下《しも》の句しか知らないんです——って」

育代の性格なら、下手に取り繕《つくろ》ったりせず、そう言っただろうなと須美子は思った。馬鹿正直というか世渡り下手というか、そんなところも育代の魅力の一つだ。年下の須美子から見ても、時々じれったくなることがあるほどだ。

「こんなこと言ったら、真面目に参加していた日下部さんには嫌な顔をされるかしらって思ったんだけど、『正直な人ですね』って笑ってくれて。それで、『実はわたしも自分の名前が下の句に入った歌が好きなんですよ』って、話を合わせてくれたのよ」

「日下部さんの名前……？　なんておっしゃるんですか？」

「それは訊いてないの」

「じゃあ、どの和歌のことなのかも？」

「ええ。だってわたし、百人一首のこと全然知らないんですもの。和歌の詠み人の名前はおっしゃってたけど、それさえ覚えられなかったほどよ？　たしか、お弁当みたいな変な名前だった気がするけど……」

「お弁当……ですか」

「とにかくね、日下部さんは毎日のようにご来店くださって、毎日のように『花束を作ってください』っておっしゃるお得意様なの……」

育代はまた少し頬を染めた。

「育代さん、やっぱり日下部さんのこと――」

「そ、そんな！　べつにそんなんじゃないけど……毎日のように来てくださるから……その……ちょっと気になるだけよ……」

（ふふふ、育代さんったら分かりやすい）

須美子はにわかに、自分の中のお節介の虫が騒ぎ出すのを感じた。

早くに夫を亡くして一人で頑張ってきた友人の恋を応援したいと思った。昔から自分のことはからっきしの須美子だったが、他人の恋路を応援するのは得意なのだ。

「……もしかして、日下部さんは花言葉にメッセージを込めて、育代さんに何か伝えてるんじゃないですか？　謎がお好きだって言ってたんですよね」

「えっ！」

育代は驚きの声を上げ、それからしばらく考えて、淋しそうに言った。

「……たぶんそうじゃないと思うわ。いつも違う花を買ってくださるし、それに今日の黄色いカーネーションの花言葉は確か『軽蔑』だもの。もしわたしに宛てた花言葉なら、なんだかショック……」

「あ、すみません！　わたしったら余計なことを……」

「ふふふ、冗談よ須美ちゃん。それにきっと日下部さんて、花言葉なんてタイプじゃないと思うわ」

「でも、それにしても毎日のように花を買うなんて、やっぱり不思議な気がしますね。きっと何か別の理由が……」

そのとき、壁の鳩時計が時を告げ、何かを思いつきそうだった須美子の思考を遮った。

そして同時にここへ来た本来の目的を思い出させた。

「あ、いけない！　こんな時間!!」

保冷用のエコバッグとはいえ、鮮魚を買ったのにあまりのんびりはしていられない。

「ごめんなさいね、話し込んじゃって」

「いえ、わたしこそ。えーと、今日はリコリスとクジャクソウを……」

須美子は大奥様に頼まれた花をまとめてもらい、慌てて店を出た。帰り道、日下部という例の紳士が、毎日なんのために花を買っているのかという謎が何度も頭をよぎったが、そのたびに、（ダメダメ、これじゃまるで坊っちゃまみたいだわ）と首を左右に振って、気持ちを振り払うように浅見家への帰路を急いだ。


「花の色は移りにけりな、か……」

須美子が、ダイニングテーブルに夕餉の支度をしながら呟くと、後ろから「お、須美ちゃん、小野小町《おののこまち》かい？」と声をかけられた。

「ぼ、坊っちゃま……いつからそこにいらしたんですか」

振り返ると、光彦が入口に立って食卓の上を見守っていた。

「ん？　いい匂いに誘われてね。ところで百人一首の勉強？」

「いえ、そういうわけではないのですが、商店街の花春さんで、百人一首の話が出たものですから……。あの、坊っちゃまは百人一首にお詳しいですよね」

「ははは、詳しいって威張れるほどではないけどね」

そう言いながらも光彦は、出来損ないの次男坊を評価するお手伝いに対し、少し得意げに百人一首の解説を始めた。

「百人一首は元来、藤原定家《ふじわらのていか》が天智天皇《てんじ》から順徳院《じゅんとくいん》まで百人の歌人の和歌を一人一首ずつ選んだ私撰集だったんだ。それが今のカルタの形態で庶民にも親しまれるようになったのは、江戸時代以降と言われている。他にも曼陀羅《まんだら》が生まれるなど、暗号や謎が多く残されているのも特徴だよ」

「暗号、ですか」

「うん。あ、そうだ。そういえば末の松山の事件のときも……」

そのとき、「光彦！」と鋭い声がして、大奥様の雪江がダイニングに入ってきた。

「あなたいま、『事件』て言わなかった？　まさかまた……」

「と、とんでもない。あ、そうだ！　原稿の続きを書かなくちゃ。じゃあ須美ちゃん、夕飯ができたら呼んでね」と言いおいて、光彦は慌てて自室へ引きあげた。そんな息子の後ろ姿に、「まったくあの子は……」とひとしきり愚痴を言ったあと、「わたくしもお部屋にいますからね」と大奥様もダイニングをあとにした。「わかりました」と返事をして須美子は夕食の準備を進めたが、ずっと頭の片隅に光彦の言葉がひっかかっていた。

（暗号……もしかしたら……）

2

翌日、須美子は買い物帰りに、再び花春を訪ねた。自分の用事もいくつか済ませたあとだったから、いつもより遅くなってしまった。行き交う人々も心なしかいつもより足早に過ぎて行く。

「あっ、須美ちゃん。今日もね、日下部さんがいらっしゃって、ピンクのダリアを三本とトルコキキョウを三本、花束にして買っていかれたのよ」

「そうですか」と口にしてから須美子は、昨晩の思い付きを確かめてみることにした。

「育代さん。日下部さんは毎日、違う花を買っていくって言ってましたけど、例えば、何曜日にはこの花を買うとか、規則性はないんですか？」

「うーん、たぶんそれはないわねえ。もちろん、これだけ毎日のことだから、同じ花の日もあるけど、でも、曜日ごとに決まった花を買ってくださるわけではないわ。いつもここへいらしてから選んでいるみたいだし。えーと――」

育代は台帳をめくり「あ、ほら見て」と言って、須美子の前に差し出した。

「この線が引いてあるのが、日下部さんが買ってくださったものよ。買ってる花も金額も、全然違うでしょう」

育代も、日下部の行動になんらかの法則を見出そうとしたのだろう。台帳には日下部の行に下線が引かれていた。数週間前から、月曜から金曜までの五日間、欠かさず買っているが、確かに育代の言うとおり、花の種類はばらばら、合計金額もまちまちだ。

「……あら？」

須美子はふと、台帳のある規則性に気づいた。

「育代さん！　これ、金額とか種類はばらばらだけど、合計本数は曜日ごとに決まっているみたいですよ。ほら、毎週月曜日は八本、火曜日は九本……」

「えっ、本当？　えーと、水曜日は五本、木曜日は六本、金曜日は……十二本！　そういえば、さっき買ってくださったのはダリアを三本とトルコキキョウを三本だから合計六本。今日は木曜日だから本当だわ！　毎週一緒!!」

育代は「すごい須美ちゃん！」と感激しているが、須美子はそのことにどんな意味があるのかを考えていた。

(八、九、五、六、十二……やっぱり暗号かしら。例えばアルファベットに置き換えるとか。えーと、H、I、E、F、L……違うわね。あ、もしかして！)

そのとき、須美子の脳裏に、昨日の育代の言葉が思い浮かんだ。

『――わたしも自分の名前が下の句に入った歌が好きなんですよって……』

「育代さん。日下部さんのファーストネームはたしかめられました？」

「え？　ええ。今日はちゃんとお訊きしたわ。亘《わたる》さんよ。けど、それがどうしたの？」

「ごめんなさい。今日はこれで失礼します！」

須美子は、突然閃《ひらめ》いた考えに突き動かされるように、挨拶《あいさつ》もそこそこに店を飛び出した。


「坊っちゃま、坊っちゃま……」

須美子は帰宅するとすぐに、二階の光彦の部屋をノックした。間隔を空けて三度ほど呼んだが返事がない。

（今日は『旅と歴史』の締切だから、一日お部屋でご執筆だっておっしゃってたのに……）

「坊っちゃま、失礼します……あら、おやすみでしたか。すみません」

「……ん？　いや、眠ってなんかいないよ」

パソコンに向かったまま頭をカクッと動かし、光彦は慌てて答えた。

「そうですか。何度もお呼びしましたのに、お返事がないのでてっきり――」

「沈思黙考していたから気づかなかったのかな。用事はなんだい？」

光彦は素知らぬ顔で須美子の疑惑を躱《かわ》した。

「……あの、昨日お聞きした百人一首ですが、すべての歌が載っている本がありましたら、貸していただきたいのですが」

「ああ、お安いご用だよ。えーと、そうだな、これなんかどうだい？」

光彦は整頓された本棚から一冊を取り出した。

須美子は「ありがとうございます」と礼を言って受け取り、急いで自室へ戻った。

しかし、夕食の時間が近づいていた。須美子ははやる気持ちを抑え、光彦から借りた本を机に置き準備に取りかかった。

浅見家の夕食が終わり自身もさっと食事を済ませて、気もそぞろに片付けを終えると、須美子はようやく自室で一息ついた。

「よし」

両手で自分の頬を軽く叩き、光彦から借りた本を開く。

「わたる、わたる……あった。『由良の門を わたる舟人かぢを絶え 行方も知らぬ 恋の道かな』。あ、でも日下部さんは『自分の名前が下の句に入った歌が好き』って言ってたのよね。これは上の句だから違うわね。えーと、あ、あった。……あら、もう一つあるのね……どっちかしら」

須美子は下の句に『わたる』が入った二つの歌を見比べながら、育代の言葉を再び思い返してみた。

『お弁当みたいな変な名前だった気が……』

「あっ、こっちの句ね。ふふふ、育代さんたら。あとは、どう当てはめるか――」

須美子は目当ての歌をじっくりと読み、思いついた方法を順に試してみた。

「これだわ……！」

二番目のやり方で、須美子は求めていた答えに辿り着いた。

(明日、育代さんに教えてあげよう。――そうだ！　それよりも……)

須美子は自分の思いつきに胸が高鳴り、今日はなかなか寝付けない予感がした。

3

翌日は午後から小雨の予報だった。早めに洗濯物を取り込んでから、須美子は傘を持って買い物に出掛けた。

(降り出す前に帰れるといいけど)

そう思いつつも、一方では育代に会うのが楽しみで、今日は買い物を後回しにして、先に花春へと足を向けた。

「あっ、須美ちゃん。昨日はどうしちゃったの？　急に帰っちゃうんだもの。それに、あの花束の本数って、結局どういう……」

「育代さん、日下部さんのこと、好きですか？」と、須美子は育代の言葉を遮るように、唐突に質問をぶつけた。

「え！　ちょ、ちょっと、須美ちゃんたら、いきなり何を言いだすのよ……」

育代は狼狽《うろた》え笑い飛ばそうとしたが、須美子の真剣な眼差しにぶつかり、たじろいだ。いつもと違う須美子の様子に、育代は目を逸らし、そして、しばらくの沈黙の後、「ふう」と大きなため息をついた。

「……そうね、須美ちゃんの言うとおりよ。わたし、日下部さんのことが好きなんだと思う。毎日のようにお話ししているうちに、いつの間にかそんな気持ちになっていたのよ。だから、日下部さんが毎日ここへきて花を買ってくださるのは嬉しいけれど、いったい誰にその花を贈っているのかと思うと……」

育代は、泣きそうな顔で俯いた。それを見た須美子は、少女をあやすように優しく言った。

「だったら思いきって、育代さんから好きですって言ってみたらどうですか？」

「そ、そんな、無理よ！」

「でも、日下部さんのこと好きなんですよね？」

「それは、そうだけど……。でも、でもね、若い須美ちゃんには分からないかもしれないけど、この年になって、そういうことを口にするのはものすごく勇気がいるものなのよ

「……」

「分かります」

「えっ？」

「いえ、分かってないかもしれないけど、そうなんだってことは理解できますよ。だって、日下部さんも育代さんと同じで、口に出して言うのが恥ずかしかったんだと思いますから」

「……どういうこと？」

須美子は育代の質問に答える代わりに、こう言った。

「今日は日下部さん、まだいらしてないんですよね？　だったら日下部さんがいらっしゃったら『わたしの気持ちです』と言って、八本と十二本の花束を順に渡してみてください」

ぽかんとした表情で首を傾げている育代に、「絶対大丈夫、わたしが保証します。じゃあ頑張って！」と大きくうなずいてみせ、須美子は花春をあとにした。

4

二日後の日曜日、須美子は育代からの電話で呼び出された。場所は浅見家からもほど近い飛鳥山公園《あすかやま》だ。花見シーズンは大勢の人で賑わう桜の名所として有名だが、今はまだ夏の名残の青々とした風景だ。

約束の時間より十五分も早く到着したのだが、育代はすでに来て待っていた。須美子は育代の元へ駆け寄り、開口一番、気になっていたことを訊ねた。

「育代さん！　どうでした？」

「あ、須美ちゃん。お休みの日にごめんね、来てくれてありがとう」

「いえいえ、どういたしまして。それより育代さん！」

須美子は育代に話を急かした。

「ええ、それがね……あの、この年になって恥ずかしいんだけど……日下部さんとお付き合いすることになったの」

育代は恥ずかしそうに下を向きながら、小さな声でそう言った。

「本当⁉　やった、やりましたね、育代さん！」

「う、うん、ありがとう須美ちゃん。あなたに言われたとおりの数の花束を『わたしの気持ちです』って渡したんだけど、日下部さんたら、しばらく何か考えるような顔をして、そのあと急に『わたしと付き合ってくださいませんか！』って言うの。わたし、びっくりして、思わず『はい！』って返事しちゃった」

「よかったじゃないですか」

「ええ……でも、あの花束って、いったいどういう意味だったの？」

育代は自分が花束を渡した途端、日下部がなぜ急にあんなことを言ったのか、不思議でならない様子だ。聞けば、今日このあと、この場所で、日下部と待ち合わせをしているのだという。

「日下部さんたら、約束だけして逃げるように帰ってしまったの……」

須美子はその時の二人の初々しい様子を思い浮かべて、思わず笑みがこぼれた。

「ふふふ、日下部さん、きっと嬉しかったんですよ」

「えっ、何が？」と首を傾げる育代に須美子は、コホンと小さく咳払いしてから真相を明かした。

「実は、日下部さんは百人一首と花で、ある暗号を作っていたんです」

「暗号？」

「ええ、育代さんと同じように、日下部さんの『わたる』という名前が下の句に入った歌が、百人一首には二首あるんですけど……」

須美子はバッグの中から百人一首の本を取り出し、育代に広げて見せた。

〔朝ぼらけ　宇治の川霧　たえだえに　あらはれわたる　瀬々の網代木〕

〔難波江の　蘆のかりねのひとよゆゑ　みをつくしてや　恋ひわたるべき〕

「あら、ほんとだわ」

育代は感心したようにうなずいた。

「そして、日下部さんが好きなのは、この『難波江の』のほうの歌です」と須美子は指差した。

「どうして分かったの？」

「それは、育代さんが教えてくれたんですよ。『お弁当みたいな変な名前の人が作者だ』って。ほら、『朝ぼらけ』は権中納言定頼《ごんちゅうなごんさだより》。そして、こちらの歌は皇嘉門院別当《こうかもんいんのべっとう》——」

「あっ！　そうよ、そのお弁当の人！」

「ふふふ、『べんとう』じゃなくて『べっとう』ですけどね。——そして、この暗号を解くには——」

須美子は少し得意になって人差し指を立てた。

「この歌の下の句に、日下部さんが買っていく花の本数を合わせるんです」

「え、どういうこと？」

須美子をのぞき込む育代の目は、「早く答えを教えて」とせがむ子どものように、きらきらと輝いている。

「つまり、月曜日は八本だからこの歌の下の句の八番目の文字を読むんです」

須美子は「み、を、つ、く、し、て、や、こ。月曜日は『こ』です」と、育代にも分かるように指を折って見せた。

「同じように金曜までの本数を当てはめると、火曜日は九本で『ひ』、水曜日は五本で『し』、木曜日は六本で『て』、金曜日は十二本で『る』、です。繋げて読むと——？」

「こ、ひ、し、て、る……えっ！」

育代は声に出したあと、急に顔を赤くして絶句した。

最初、上の句でやってみた時はうまく繋がらなかったが、下の句で試して出来上がったこの言葉に、実は須美子も頬を赤らめたのだった。

「そう。日下部さんは、育代さんに恋してたんです」

「そ、そんなメッセージが込められていたなんて……。じゃ、じゃあ、昨日、須美ちゃんに言われた花束も？」

「はい。勇気がでないっていう育代さんの背中を押せたらと思って、勝手にメッセージを作らせていただきました。育代さんの好きな歌の下の句『いくよねざめぬ　すまのせきもり』の、八番目の『す』と十二番目の『き』で、『好き』というメッセージです」

「えっ！……わたし、そんなこと知らずにいつものお礼ぐらいのつもりで気軽に渡しちゃったわ」

「ふふふ、大丈夫ですよ。気持ちはちゃんと伝わってます。だから日下部さんは、『わたしと付き合ってください』って、おっしゃったんですから」

「……そうだったの……」

育代はそう言ったきり、足元を見つめて動かなくなった。その視線を追って須美子も何気なく地面に目をやると、そこにポタリと滴が落ちた。

（えっ――）

そのとき、須美子は初めて、自分がとてつもなくお節介なことをしてしまったのかもしれないと気づき、青ざめた。

「い、育代さん！　ごめんなさい、わたし……育代さんに幸せになってもらえればと思って……でも、余計なことを……」

「ううん、違うの」

慌てて謝る須美子に、育代も慌てて涙を拭った。

「須美ちゃんの気持ちが嬉しくって。ありがとね……」

育代は涙が乾かないまま、はにかんだように笑った。

「……育代さん」

ホッとして、須美子も危うくもらい泣きしそうになった。

二人が顔を見合わせて笑い合ったところへ、背後から突然、「こんにちは」という声が降ってきた。二人が驚いて同時に振り返ると、そこには日下部が帽子を胸に当てて立っている。

「日下部さん……」

育代が恥ずかしそうに顔を伏せると、日下部も照れくさそうに笑った。そして、須美子に向かって、「失礼ながら、お話は聞かせていただきました。あなたが我々の縁を取り持ってくださったのですね。ありがとうございました」と恭《うやうや》しくお辞儀をした。

「そんな、わたしはただ……」

須美子の尻すぼみになった言葉を受けるように日下部は続けた。

「恥ずかしながら、例の講座でお会いして、一目惚れだったのです。お互い独身だということが分かって、わたしはお友だちになれればと、講座を楽しみに通い始めました。ところが小松原さんはすぐに講座に来なくなってしまった。がっかりしていたところ、偶然、彼女の店を見つけたのです」

日下部は、育代の様子を窺うように視線を向けてから、再び須美子の目を見て話しはじめた。

「――実はあのメッセージ、最初の二日は偶然だったんですよ。気に入った花を適当に買っていたのですが、八本、九本と買ったとき、小松原さんとの会話に百人一首の話が出た。それでふと、自分の名前が下の句に入ったあの歌で『こひ（恋）』という言葉ができていることに気づきましてね……。ははは、こんな馬鹿なこと考えるのはわたしだけでしょうけどね」

（坊っちゃまなら思いつくかもしれないけど……）と、須美子は心の中で呟いた。

「そして、さらに続けてメッセージを作ることができると気がつきましてね。それからは、本数を決めて買うことにしました。ただ、正直なところ、小松原さんがこのメッセージに気づくことはないだろうと思っていました。自己満足というわけではないのですが、いつか気づいてほしいと思いつつ、もし知られて不快に思われたらどうしようかと、そんな複雑な気持ちだったんです。それをあなたが、突然花開かせてくれた……。本当に感謝しています」

日下部にもう一度深く頭を下げられ、須美子は困惑してしまった。

「しかし、小松原さんの大胆なメッセージには驚きましたよ。いきなり……その……わたしの、気持ちですと……」

日下部は突然、顔を赤らめ、口元に手をやって視線を泳がせた。

「あっ！」

その瞬間、須美子はあることに思い当たり、小声で育代に訊ねた。

「育代さん、昨日、日下部さんに花を渡す順番、間違えませんでした？」

「えっ、何？　順番って？　ちゃんと、十二本のバラをあげて、そのあと八本のチューリップを……」

それを聞いた須美子は目を閉じて、額に手を当てた。

（……育代さん順番が逆！　それだと『好き』じゃなくて……『キス』……）

「あら、どうしたの二人とも？」

育代は赤い顔の須美子と日下部を、代わる代わる見つめた。

「なんだか知らないけど、本当にありがとうね」と、育代は須美子に向かってぴょこんと頭を下げた後、「それにしても、あの暗号を解いちゃうなんて、須美ちゃんはまるで、ドラマの名探偵みたいね」と、親指と人差し指を開いて顎に手を当てる。育代にとって名探偵といえば、このキメ顔のポーズらしい。

「!!」

〝名探偵〟という言葉を聞いた途端、須美子の頭に、光彦の笑顔と苦虫を嚙み潰したような大奥様の顔が浮かんだ。

「ち、違います。わたしは名探偵なんかじゃありません。ただのお手伝いです！」

「ううん、名探偵・須美ちゃんよ。ね、日下部さん」

「ええ、ええ、まさに名探偵のなせる業ですな」

日下部もうなずきながらそう言う。

「やめてください！　わたしは……わたしは、坊っちゃまとは違うんです！」

そう言って須美子は、不思議そうに首を傾げている二人をその場に残し、木漏れ日きらめく坂道へと駆け出した。

第二話　風の吹く街

1

「ねえねえ須美ちゃん、知ってる? 飛鳥山のD51《デゴイチ》が夜な夜な動きだすんですって……」

クッキーをつまみながら大真面目な顔でそう言ったのは、花春の店主、小松原育代だ。
育代は還暦が近いとは思えないほど若々しい、吉田須美子の年の離れた友人だ。気っ風のいい男勝りな性格が気の合う要因だったが、他にも感動屋で涙もろいところも似ていると互いに気づき始めていた。

その育代が突然、わけの分からない話を始めたので、須美子は目をしばたたいた。
若い頃に夫を亡くし、長年、一人で花春を切り盛りしてきた育代は、とてもしっかりしている反面、少々天然なところもある。

「ははは、須美子さん、都市伝説ですよ。いま、子どもたちの間で噂になっているんです」

須美子の表情を見て、すかさず助け舟を出したのは日下部亘だ。
いまや花春の常連客で大学の非常勤講師をしている日下部は、先日、須美子がある謎を解いたことがきっかけで、育代との交際をスタートさせた。その後、花春に他のお客がいない時に三人が揃うと、こうして店の奥の小さな丸テーブルを囲んでお茶を飲むのが恒例行事となりつつあった。

「――都市伝説、ですか」

「ええ。ほら、口裂け女や人面犬なんていうのが昔からあるでしょう。あの類《たぐ》いの新しい噂話でしてね、この辺りでは今、二つの都市伝説が流行《はや》っているようなんです。そのうちの一つが、『動くD51』というものなんですよ」

日下部は須美子に、笑いながらそう解説した。

須美子は飛鳥山公園の風景を思い浮かべた。

（そう言われてみれば、D51の実物が展示されていたわね――）

しかし、あんな古い機関車が動くなど、須美子は俄《にわか》には信じ難かった。

「それでね須美ちゃん。D51が動いているところを目撃してしまうと、そこから顔のない運転士が降りてきて、そのあと……」

育代は、最後のところをわざと声を低くして言い、須美子に顔を寄せた。

須美子はゴクリとつばを呑んで、育代の次の言葉に身構える。すると、右隣りに座っていた日下部が、育代に合わせた低い声で言った。

「体中を傷だらけにされて、殺されるそうです！」

「キャー！」

……と、叫んだのは須美子ではなく育代だった。須美子は日下部の話と、育代の悲鳴の両方に驚いて、思わず腰を浮かせた。

「も、もう、育代さんも、日下部さんも、驚かさないでくださいよ」

須美子はドキドキと速くなった鼓動を誤魔化すように、慌ててクッキーを一つ口に入れ、紅茶で流し込んだ。

「……でも、どこからそんな噂が流れ始めたんでしょうか。まさか、それらしい何かを見た人でもいるのかしら？」

須美子がいくぶん早口で続けると、日下部は柔和な笑みを浮かべた。

「都市伝説なんていうものは、出どころを突き止めるのは難しいものなんです。いつの間にか子どもたちの口から口へと広まって、しかも途中で尾ひれが付いたりしますからね。まあ大抵、元になった話というのは、たわいもないことが多いんですよ」

「へえー、そうなんですか。日下部さん、何にでもお詳しいんですね」

須美子は感嘆の声をあげた。

「実は、大学で伝記や伝承の講義をする際、毎年都市伝説についても触れるんです。学生たちも、おそらく自分たちが子どもの頃のことを思い出すのでしょう、通常の講義よりも、熱心に聴いてくれるんですよ。それで、わたしのほうでも、毎年小学校に取材に行ったりして、いまはどんな話があるのか調べているのです。今年流行っているのは『動くＤ５

1』ともう一つ……」

「もう一つ？……どんなものなんですか？」

須美子が恐る恐る話を振ると、日下部はまた声のトーンを落とし、「それはですね……」と口を開いた。

「あっ！　日下部さん。ちょ、ちょっと待って！」

育代が慌てて、隣に座っていた日下部の腕を摑んで話を止めた。

「須美ちゃん、聞いちゃうの？　『動くD51』の話が怖かったから、もう一つのほうはわたしも聞いてないのよ」

「え、そうなんですか」

須美子はてっきり、育代はすでに知っているとばかり思っていたのだ。

「で、でも、須美ちゃんも一緒に聞いてくれるなら、わたしも頑張って聞いちゃおうかしら……」

「ははは。育代さん、都市伝説なんて、毎年手を替え品を替え流行っては廃《すた》れる歌謡曲みたいなものですから、子どもならともかく大の大人が頑張って聞くほどのことはありませんよ」

日下部が、いつの間にか育代をファーストネームで呼んでいることに気づいた須美子は、二人の距離が以前より確実に縮まっているのを微笑ましく思った。

「そうかしら……。じゃあ教えてください！」

育代が覚悟を決めたようにそう言うと、「分かりました」と言って、日下部は両手を組み机に乗り出すようにして「いいですか」と切り出した。

「もう一つの都市伝説は『探し物をするおばあさん』の話です」

「あら、なんだか怖くなさそうね」

育代は拍子抜けしたような表情になって言った。

「……でも、なんだか嫌な予感がするんですけど、そのおばあさんは……いったい、何を探しているんですか？」

育代と違って、須美子は慎重だ。油断せず、日下部に先を促した。

「おばあさんが探している物は……」

数秒の間をおき、一段と低い声で日下部は続けた。

「子どもの髪の毛です」

「!!」

クッキーに伸ばしかけていた育代の手が止まった。

「――白髪の老女が、道端で何かを探しているそうなんですが、そのおばあさんに『何を探しているんですか』と訊ねると、『わたしの子どもの髪の毛を返して！』と言って、恐ろしい形相で問いかけた人の髪の毛を、ブチブチッと……」

「キャーーー!!」

またしても育代の悲鳴が店内に響いた。入口のドアは閉まっているが、店の外まで聞こえてしまいそうなほどの大音量だ。

「日下部さん、も、もういいです」

須美子も声こそ上げなかったが、またもや、日下部の話と育代の悲鳴のダブルパンチで、心臓が凍り付きそうなほど震え上がった。

「ああ、やっぱり聞かなければ良かったわ。わたし、今夜眠れるかしら……」

育代がオロオロしながらそう言う。

「あくまで都市伝説なんですから、そんなに怖がることはありません。大丈夫ですよ」

日下部が優しい顔でそう言ったのはなんの救いにもならず、口には出さなかったが、須美子も育代と同じ気持ちだった。生まれ育った新潟の家が野中の一軒家みたいなところにあったので、光彦から「須美ちゃんは、お化けなんて怖くないだろう」と言われ、強がって「はい」と答えたことがあるが、実は須美子だって人並みに幽霊の類は苦手なのだ。

2

「ふぁーあ……あっ！」

あくびをした口を慌てて押さえて、須美子はキッチンを振り返った。他に誰もいないのを確認して安心する。そろそろ若奥様の和子がキッチンに現れる時間だ。

(あんな話を聞いちゃったから、やっぱり昨日は怖くてなかなか寝つけなかったわ。でも、『動くD51』に『探し物をするおばあさん』って、いったい、どこから始まった話なのかしら……)

「あ、いけない、早く支度しなくっちゃ」

須美子は慌てて首を振って、朝食の準備にとりかかった。

浅見家へ住み込みのお手伝いとしてやって来てから九年、須美子は一度たりとも寝坊というものをしたことがない。毎朝、五時半きっかりに起きて身支度し、まずは若奥様の和子と共に浅見家五人分の朝食の準備を始める。

五人の朝食が済むと、自分も急いで朝食をとり、片付けをしてから洗濯と掃除を手早く済ませる。それから、九時を回ってようやく起きてくる〝光彦坊っちゃま〟一人分の朝食を用意する。

浅見家は雪江未亡人と警察庁刑事局長の要職にある長男の陽一郎《よういちろう》、その妻・和子と、陽一郎夫妻の子どもである高校生の智美《さとみ》と中学生の雅人《まさと》。そして、毎日一人遅れて起きてくる雪江の次男坊「光彦坊っちゃま」の六人家族である。

光彦の朝食が済み、片付けを終えると、その後が須美子に訪れる一日で初めての休息時間だ。と言っても、十一時半には昼食の準備を始めなければならないので、それほどゆっくりもしていられないのだが、自室で読書をしたり、庭に出て花の手入れをしたりして過ごしている。

そして昼食が済むと、須美子はほぼ毎日買い物に出掛ける。近所の商店街は、買い物をしながら端まで歩いても、小一時間で往復できる距離だ。

「お買い物をしたら、荷物が重くなることだってあるでしょう、自転車を買ってあげましょうか」

大奥様の雪江は、須美子を気遣って何度となくそう勧めてくれるのだが、須美子は「そんなもったいない！」と、頑として譲らない。

それに、持ち重りのする米や調味料などは、配達してもらっているのだから、日々の買い物が、須美子の両腕に持ちきれないほど重くなることは、ごく稀である。

何より須美子は、商店街で馴染みの店主たちと挨拶を交わしながら、街の様子を見て歩くのが好きなのだ。

「お！　須美ちゃん、今日の献立は決まってるのかい？　すきやき用のいい肉が入ったんだけどどうだい？」などと声をかけられると、そこで今晩の献立を考えたりもする。

今日も昼食を済ませ、てきぱきと片付けをしたあと、須美子はいつものように商店街へ買い物に出掛けた。電線が張り巡らされた空には薄い雲が広がっている。

「さて、今日のお夕食は何にしようかしら……」

商店街の入口で須美子がエコバッグを肩に掛け、右手を顎に当てたそのときだった。

「キャッ！」

突然、一帯を強い風が襲った。ともするとそれは大型台風や竜巻を思わせるほどの威力で、須美子は咄嗟《とっさ》にエコバッグを抱きかかえてしゃがみ込んだ。

「すごい風……」

風が止み、独り言を言いながらスカートの裾をはたいて立ち上がった須美子が、ふと商店街の細長い空を見上げると、ヒラヒラと何かが舞っているのに気づいた。

「あら、何かしら？」

まるで磁石に吸い寄せられるかのように、須美子の足元に着地したそれは、ボロボロの黄ばんだ紙切れだった。一瞬迷ったが、須美子は再び体を屈めてそれを拾い上げた。

〔10月4日Ｄ５１〕

名刺半分くらいの大きさに破り取られたような横長の紙には、子どもの、お世辞にも上手いとは言えない字で、そう書かれていた。

「Ｄ５１!!」

須美子は背筋が寒くなるのを感じ、育代のいる花春へと走り出した。

須美子が花春へ到着したとき、店先では育代が、あちこちに転がった鉢植えやバケツを片付けていた。先ほどの突風でひっくり返ってしまったらしい。

「たいへん！」

須美子はバッグを置いて、急いで育代の作業を手伝った。十分ほどかけて、二人は全てのバケツと鉢植えを並べ直し、傷んでしまった花の選別を終えた。

「ふぅ、助かったわ須美ちゃん、ありがとう」

育代は額の汗を拭いながら言った。

「いいえ、それにしてもすごい風でしたね」

須美子もハンカチでおでこの汗を押さえながら言ったあと、何かを忘れているような気がして、首をひねった。育代も同じような表情を浮かべ、首をひねっている。

「……あっ」「……あっ」

まったく同じタイミングで二人は声をあげた。

「聞いて、須美ちゃん！」

「聞いてください、育代さん!!」

店先で手を取り合って見つめ合う須美子と育代を、買い物袋をぶら下げた何人かの主婦が、チラチラと横目で見ながら通り過ぎていった。

「……と、とにかく、中に入りましょうか」

「そうですね」

二人は慌てて手を離し、顔を赤くしながら、花春の店内へと入った。

いつもの丸テーブルの上に載っていた雑多な物をサッと脇に片付けながら、育代は須美子に椅子を勧める。そして、須美子が腰掛けるや否や、「こんな物を拾ったの……」と、一枚の紙片をエプロンのポケットからテーブルの上に差し出した。

「……!!!」

須美子は思わず息を呑んだ。

破り取られたようなノートの切れ端に、須美子が拾った紙きれと同じく横書きの文字で、〈10月4日D51〉と読める。大きさも同じくらいで、やはり子どもの字と思われるが、筆跡は違うようだ。特に数字の書き方が異なる。それに育代が拾った紙片は汚れてはいるものの、須美子の紙切れと比べると、ずいぶんと新しい印象だ。

須美子は無言で育代の顔を見つめたまま、今度は自分が拾った紙切れをテーブルの上に載せた。

「……うっそー!! 須美ちゃんも拾ったの?」

若者のような反応の育代に、須美子は神妙な顔でうなずいた。

「これ、どういうことなのかしら? 日下部さんが話してたあの都市伝説と、何か関係があるのかしら……」

育代は椅子に座ったまま体を仰《の》け反《ぞ》らせ、気味悪そうに机の上の二枚の紙から距離をとった。

「——こんにちは」

突然、日下部の声が背後から聞こえた。

話に集中していて日下部がやって来たことに気づかなかった育代は、思わず椅子からずり落ちそうになった。

「おっと、大丈夫ですか！」

日下部は慌てて育代の腕を掴んで支えたが、体勢を立て直した育代から「驚かさないでください」と苦情を言われた。

「これは、失礼しました。そんなに驚かすつもりはなかったのですが……」

日下部は申し訳なさそうに頭を下げたあと、育代と須美子の表情が曇っていることに気がついた。

「……何かあったんですか？」

「え、ええ。実は……」

育代が強ばった表情のまま、須美子へ視線を送った。

「わたしたち、こんな物を拾ってしまって……」

須美子は二枚の紙を日下部へ差し出した。

「これは……！」

日下部も驚いた表情を浮かべて、受け取った紙を凝視している。

「……お二人もD51ですか」

「えっ？」育代が不思議そうな顔をする。

「どういうことですか？『お二人も』ってことは、まさか、日下部さんもこれを？」

須美子が矢継ぎ早に訊ねると、日下部は「あ、いえ、そうではないのですが実は……」

と、おもむろに話し始めた。

「ここへ来る途中、突風で帽子を飛ばされてしまいましてね。転がって行く帽子を追いかけて走ったのです。帽子は十メートルほど先にいた大柄な男性の足元で止まりました。その男性……黒縁の眼鏡を掛けた四十代半ばくらいの男性ですが、携帯電話で誰かと話をしていましてね。邪魔しないようにそっと帽子を拾い上げたときに、話している内容が、断片的にですが聞こえてしまったのです」

そこで日下部は、いったん話を止めて、二人の目を代わるがわる見つめたあと、一つ深呼吸をしてから続けた。

「『D51……ヒロちゃんは俺が殺した……』と」

「……!!」「……!!」

あまりの衝撃的なセリフに、須美子と育代は声も出ない。重苦しい空気が店内を支配した。

「こ……こんな偶然って、あるのかしら……」

　しばらくして、震える声で育代が言った。

「……いったい、どういうことなんでしょう。やっぱり、あの『動くD51』の都市伝説に関係があるんでしょうか……」

　須美子も思わず声を潜めた。

「もしかしてわたしたち、D51の顔のない運転士に殺されるんじゃ……。やだ、十月四日って来週の日曜日じゃない。ど、どうしましょう日下部さん！」

　育代は、真顔で日下部に訴えかけた。

「育代さん、顔のない運転士なんて、現実にいるわけがありません。あれは都市伝説なんです。確かに『動くD51』との関連性が気になるのは事実ですが、とにかくまずは落ち着きましょう」

　日下部も少なからず動揺している様子だったが、すぐに平静さを取り戻した。ひどく怯えている育代を安心させなければならないという、日下部なりの男気だろう。日下部のいつもの優しい表情を見て少し安心したのか、育代も深く息を吐いてから「はい」と返事をした。

「――ところで、この二枚の紙はどこで拾ったのですか？」

日下部にしてみれば当然の疑問だ。そういえば、須美子と育代も、お互いがどういう経緯で手にしたかを話していなかった。

「わたしは、さっきの突風で足元に舞い落ちてきたのを拾ったんです。風が止んで、ふと空を見上げたら、ヒラヒラ〜って、真っ直ぐわたしの足元を目がけるようにして……。それを拾ったら『D51』って書いてあったので、急いで育代さんと日下部さんに報せなきゃって思って……」

須美子は、一言ずつ言葉を句切るように説明した。

「なるほど。では、育代さんは？」

「わたしは、突風でお店の前のお花が全部ひっくり返ってしまったのを片付けているときに、バケツの間に落ちているのを見つけたんです。朝、バケツや鉢植えを並べたときにはなかったから、やっぱり須美ちゃんと同じで、さっきの風で、どこからか飛んで来たんだと思うんですけど……」

「そうでしたか。全員、さっきの強い風がきっかけだったのですね」

「あの、日下部さん。その、さっきおっしゃっていた男性は……」

須美子が訊ねた。

「ああ、そうですね。その後のことを説明していませんでした」と言ってから日下部は、一寸間を置いて話を続けた。

「……衝撃的な言葉を聞いてしまいましたが、そのまま立ち聞きしているわけにもいきませんでしたので、すぐにその場を離れました。ですから、前後の会話は分からないのです。ただ、間違いなく『D51』と言っていました。そして、『ヒロちゃんは俺が殺した』と……」

「『殺した』だなんて、おだやかじゃありませんよね。それに『ヒロちゃん』って、まさか子どもを殺したなんてことは——」

須美子は感情を内に押し込めて、努めて冷静に言った。

「うーん、それはどうでしょう。今の段階では、なんとも言えませんな。もしかしたら、わたしの単なる聞き間違いという可能性も捨てきれませんし……。でも、気味が悪いでしょうから、ひとまずこれは二枚とも、わたしがお預かりしておきましょう。いいですね？」

日下部の言葉に、育代と須美子は深刻な表情のまま無言でうなずいた。

3

「例の眼鏡の男性を見かけた」と、日下部から育代に連絡があったのは、それから三日後の九月二十八日のことだった。目撃したのは商店街にあるスーパーの入口だったという。

育代から連絡があり、須美子は午後の買い物時間になると脇目もふらず花春へと向かった。日下部はすでに到着していて、須美子が来るまで、その話をするのを待っていてくれたらしい。

「昨日の夕方、スーパーから出て来たところを見かけましてね」

身長一八〇センチくらいで、黒縁眼鏡を掛けており、先日会った男に間違いなかったそうだ。

「少し迷ったのですが、思い切ってその男性を尾行してみました」

「まあ、そんな危ないこと！」

育代は日下部の大胆な行動に、非難するような声を上げた。

「ははは、尾行と言っても、先方はわたしのことは知らないわけですし、夕暮れ時でまだ人通りも多かったですから、たいしたことではないのですけど。とにかく、こっそりあとをつけると、男性は商店街を駒込駅方向へ歩き、喫茶店の横の細道を入って、その奥にある木造二階建ての古いアパートに入りました。一階の一番手前、一〇一号室です。少し時間をおいてから、こっそりと、アパートの入口脇に備え付けられている郵便受けの表札を見に行きました。するとそこには、『木村友則《きむらとものり》、弘樹《ひろき》、健太《けんた》』と書いて……」

「——日下部さん！」

育代は悲鳴のような声で遮った。

「もしかして、その男が殺したって言う『ヒロちゃん』は、弘樹っていう自分の子どものことなんじゃない⁉」

「ええ、実はわたしも、その可能性はあるかもしれないと考えました。そして、あの都市伝説……」

日下部がそこまで言ったとき、「あっ！」と育代が弾かれたように立ち上がった。

「……あのD51の都市伝説！『体中を傷だらけにされて殺される』っていうのは、まさか、自分の子どもを虐待して殺したことが元にある話なんじゃないかしら⁉　だから電話で『D51……ヒロちゃんは俺が殺した』って……」

三人は顔を見合わせた。

「日下部さん！　早く、警察に連絡したほうがいいんじゃないかしら。もしかしたら、弘樹くんの次は、健太くんも虐待されて、こ、殺され……。ああ、どうしましょう、どうしましょう、ねえ須美ちゃん、どうしましょう！」

育代は自分の言葉で不安に拍車がかかってしまったようで、オロオロしながらテーブルの脇を行ったり来たりした。

「育代さん落ち着いてください。表札から推測するに、確かにあの男性の名前は『木村友則』で、アパートのドアの横に小さい自転車が置いてありましたから、『弘樹』と『健太』は彼の子どもの可能性が高いと思います。ですが、それも含めて実際のところは、全て憶測ばかりなんです。とにかく、もう少しだけ時間をかけて調べてみましょう」

両手でまあまあと育代をなだめ、落ち着かせるようにゆっくりと話す日下部の声に、育代は動きを止めて「はい……」とうなずいた。

須美子は口を固く結び、黙って考えを巡らせる。表の平和そうな雑踏が、扉一枚を隔てただけなのに別世界のようだ。

パッポー　パッポー　パッポー♪

静まり返った店内に、突然、鳩時計の間の抜けた音が鳴り響いた。いつの間にか、時計の針は三時を指している。

「あ、いけない！　わたし、今日はお買い物がたくさんあるんです。もう行かなきゃ！」

須美子は後ろ髪を引かれる思いで立ち上がった。

「わたしも今日のところは、これで失礼します。大学に戻って、都市伝説の調査資料から出どころを探れるか考えてみます」

不安そうな表情の育代を一人残し、須美子と日下部は一緒に店を出た。

4

翌日、須美子は買い物を済ませると、荷物を置きにいったん帰り、もう一度、空《から》のエコバッグをぶらさげて商店街へ出掛けた。例の男性、木村友則のアパートを探してみることにしたのだ。

（日下部さんの言うとおりすべては憶測だし、育代さんの心配は杞憂に過ぎないかもしれない。それに、自分が虐待して死に至らしめた我が子のことを『ヒロちゃん』と呼ぶのは少し違和感がある。でも、もし本当に虐待だとしたら……）

須美子は昨日花春を出てから、ずっとそのことを考えていた。

（確か日下部さんは、喫茶店の横の細道を入ったところにある、木造二階建てのアパートだって言ってたわよね……）

今更ながら、須美子は案外このあたりの地理に明るくないことに気づかされた。毎日のように商店街を往復しているのに、必要な店々に立ち寄るだけで、寄り道をしたり、ましてやこんなふうに見知らぬ路地に足を踏み入れたりしたことは、かつてなかったような気がする。

「あ、あれかしら」

喫茶店の脇にある路地を入って少し歩くと、右手にそれらしい木造モルタルのアパートが現れた。年季の入った建物が、狭い敷地に窮屈そうに建っている。道路から奥に向かって細長く延びた通路を覗くと、ドアは一階に三つ。中ほどには二階へ上がる外階段がある。辺りは住宅街で、昔ながらの一軒家が多く、他にアパートらしい建物は見あたらない。須美子は歩を緩めつつも、怪しまれないようにいったんアパートの前を通り過ぎ、次の角を曲がって立ち止まった。辺りに人影はない。そこで呼吸を整え、ゆっくり十数えてからまた同じ道を戻った。

（あまり上等な建物とは言えないし、近隣の家も密集している。ここで子どもが虐待されていたら、ご近所にも聞こえそうだけど）

須美子が二度目にアパートの前に差しかかろうとしたそのときだった。

ふいに一階の手前のドアが開いた。

（日下部さんが言ってた部屋だわ！）

須美子がチラッと横目で見ると、眼鏡を掛けた強面《こわもて》の四十代くらいの男と、十歳くらいの少年が部屋から出て来た。

男の身長は日下部の言ったとおり一八〇センチくらいありそうだ。Tシャツにジーンズ、伸びた髪に色黒で痩《こ》けた頬、黒縁の眼鏡が凄みを増している。

（間違いない。あれが、日下部さんの言っていた男性だわ!!）

そう思った瞬間から、須美子は心臓が口から飛び出してしまうのではないかと思うほどの激しい動悸に襲われた。体がカチコチになって自由がきかず、一気に口の中が砂漠のように渇く。須美子はロボットのような体に鞭打って、男に気づかれないように早足で商店街の通りまで戻った。途中、何度も足がもつれて転びそうになりながら喫茶店の角を曲がり、すぐに隣のドラッグストアの軒先へと逃げ込んだ。

別に、追われているわけではないのだし、第一、先方は自分のことをまったく知らないのだから、そんなに慌てなくても良さそうなものだが、須美子はとにかくその場から一刻も早く逃げ出したかった。

（こんな時どうすればいいか、坊っちゃまに聞いておけばよかった――）

ドラッグストアの店先で、うずたかく積まれたトイレットペーパーの陰に隠れて、路地の出口を窺ったが、まだ木村が現れる気配はない。咄嗟に、手近にあった「特売」と書かれた洗剤を手に取り、品定めをするようなふりをして、気息を整えた。

それから一、二分ほどして、須美子の心臓がようやく正常に脈打つようになった頃、木村は、最前の少年の手を引いてやって来た。

須美子は店の商品の陰から、じっと二人を観察した。

（あっ!!）

少年の半袖・半ズボンからひょろ長く伸びた四肢には、青痣や擦り傷があちこちにある。須美子の頭に、『虐待』の二文字が浮かんだ。そしてその延長線上には『体中を傷だらけにされて殺される』という都市伝説が見え隠れする。

（やっぱり、殺された『ヒロちゃん』は弘樹くんのことかもしれない。このままじゃ、この健太くんも……）

父子はドラッグストアの前をゆっくりとした速度で通り過ぎ、例のスーパーがある方角へと歩いていく。須美子は覚悟を決め、二人を尾行し始めた。

商店街は一本道だ。かなり離れても、ゆっくり歩く二人を見失う心配はなかった。やがて二人は、スーパーの自動ドアをくぐり、店の中へと姿を消した。

須美子はしばらくスーパーの入口で躊躇していたが、思い切って自分も店内へ入った。買い物カゴを手に取り、カムフラージュのつもりでフルーツなどを品定めしながら二人のあとを追う。それほど広いスーパーではないから、一歩間違えば、木村に尾行を気づかれてしまうおそれもある。須美子は慎重に慎重を重ね、少しずつ、二人との距離を縮めた。

そして、チャンスは訪れた。

少年が父親と離れ、アイスクリーム売り場へ続くコーナーを一人で曲がっていったのだ。木村は鮮魚コーナーで、刺身のパックを真剣な顔で選んでいる。

(今しかない!)

須美子は意を決してアイスクリーム売り場の列へと、反対側から回り込んだ。

「健太くん?」

突然、声をかけると、少年はビックリした顔で須美子を見返した。いつ木村がこちらに気づくか、須美子は気が気でない。逸《はや》る気持ちを抑えながら、少年の目線に合わせて膝を折り、ぎこちない笑みを浮かべて早口で言った。

「木村健太くんでしょ？　わたしは吉田須美子っていうの……」

「……………」

少年は少し警戒した様子で、一歩あとずさった。

「ねえ教えて、その傷、どうしたの？　お父さんに何かされたんじゃない？」

「……………」

「大丈夫よ、安心して。わたしは……」

「うちの息子に何か？」

突然、少年の後ろから低い声が降ってきた。驚いた須美子が顔を上げると、木村が眉間に皺《しわ》を寄せて立っている。

「お父さん！」

少年は木村の腰にしがみつく。

木村は我が子を、危険人物から守るように自分の後ろに回らせ、鋭い目で須美子を睨《にら》んだ。

「あ、あ、あの……」

動揺を隠しきれない須美子だったが、覚悟を決めて立ち上がると、少年を指差し、目を瞑《つむ》って言った。

「け、健太くんのこの怪我、ぎゃ、虐待によるものじゃありませんか⁉」

「……は?」

須美子の言葉に、木村は口をポカンと開けたまま、鳩が豆鉄砲を食らったような表情を浮かべた。

「ねえお姉さん、さっきから誰のこと言ってるの?」

「……え?」

少年の言葉に、須美子は恐る恐る目を開けた。

「……あなた、木村健太くんでしょう?」

「ぼくは木村弘樹だよ」

「!」

今度は須美子が口をポカンと開ける番だった。

「弟の健太は今日は留守番。風邪をひいて熱があるから、家で一人で寝てるんだ。アイス買って、すぐに帰るって約束してるんだから、変なこと言って邪魔しないでよね」

須美子は、何がなんだか分からないまま、「じゃ、じゃあ『D51……ヒロちゃんは俺が殺した……』っていうのは、いったい……」と呟いた。

「……!! あなた、なぜそれを!」

突然、木村が顔を近づけてきた。

「ひいっ!!」

須美子は慌ててあとずさって身構えた。

「わ、わたしの知り合いが、あなたが電話で話しているのを、ちゃんと、き、聞いたんですから！」

「電話を……？」

木村は首をひねってしばらく考えを巡らせるような表情を浮かべ、やがて、思い出したようにうなずいて、「……ああ、なるほど。そういうことですか。ははは、分かりましたよ……」と言った。

「え？」

須美子は自分が何か重大なミスを犯しているのではないかと不安になった。

「あなたは、どうやら誤解をしていらっしゃるようですね」

「ど、どういうことですか？　現に、この子はこんなに傷だらけで……」

「これは、健太にやられたんだよ！　でもまあ、最後はいつもぼくが勝つけどね」

須美子の質問に答えたのは、木村ではなく傷だらけの弘樹少年のほうだった。

「え？……ということは、もしかして兄弟……喧嘩？」

須美子は、サーッと血の気がひいた。狭いスーパーの中ではこの騒ぎに気づいた客たちが、目引き袖引き三人を遠巻きに取り囲み始めていた。

「ねえ、お父さん。早くアイスを買って帰ろうよぉ」

「ん？　ああ、そうだな。ええと、失礼ですが、あなたお名前は……」

「……よ、吉田須美子です……」

須美子は消え入りそうな声で答えた。穴があったら入りたい、いや、叶うことなら穴を掘ってでも入りたい心境だった。

「吉田さん、もしよろしければ、これから我が家にいらっしゃいませんか。弘樹も健太も虐待などされていないことを分かってもらえると思いますし、あと、あなたのお知り合いが聞いたという、『ヒロちゃん』のことも誤解を解かせていただけたら嬉しいのですが」

木村が気さくな笑顔でそう言ったのに、須美子はその顔を見ることさえできなかった。

5

「お父さん、お兄ちゃん、おかえり」

木村がアパートのドアを開けると、奥から男の子の声が聞こえた。六畳ほどのダイニングキッチンの向こう側に襖とガラスの二つの引き戸が並んでいて、開け放たれた襖の向こうには二段ベッドが見えた。その下の段で横になりながら、弘樹より小さい——七、八歳くらいの少年がこちらに顔を向けている。

「あれが健太です」

木村は須美子に紹介した。
「……こんにちは」と伏し目がちに挨拶する須美子の顔を見て、健太は小さく首を傾げ
「こんにちは」と返したが、すぐに父親に視線を移して、「ねえ、お父さんアイスは？」と
言った。
「買ってきたぞ。弘樹、健太と向こうの部屋で食べてなさい」
「はーい」
弘樹は父親の買い物袋からアイスを取り出して健太のもとへ向かい、襖を閉めた。
「勘違いをしてしまって、本当に申し訳ありませんでした！」
ここへ来る道すがらも何度も謝っていた須美子だが、三和土《たたき》に立ったまま、ダイニング
テーブルに荷物をおろした木村にもう一度、深々と頭を下げた。
「ははは、もういいですよ。そんなに謝らないで、とにかく上がってください。妻が亡く
なったばかりで、何もお構いできませんけど……」
その時になって須美子は、部屋の中にかすかに線香の香りが漂っていることに気がつい
た。
須美子は勧められるままダイニングの椅子に腰を下ろした。
「こんなものしかありませんが」と言って、木村は冷蔵庫から出した麦茶をグラスに注い
で須美子と自分の前に置いた。

「……ありがとうございます」

須美子は恐縮して頭を下げた。

「お父さーん!! お兄ちゃんがぼくのアイスとったー!!!」

突然、奥の部屋から大きな声が聞こえて、襖から二人が転がり出てきた。

「なんだ、なんだ、弘樹はお兄ちゃんなんだから、健太をいじめちゃダメじゃないか……」

木村は二人を奥の部屋へ追いやりながら言った。

「……だって、健太がぼくのほうを食べたいって言うから一口あげたんだ。それなのに、健太はぼくに味見させてくれないから……」

「なんだ。じゃあ健太も悪いじゃないか」

「でも、お兄ちゃん、ぼくのアイスを取ろうとして、ぼくの頭をぶったんだ!」

「健太だってぼくのことひっかいたじゃないか! あ、かさぶたが取れてまた血が出てきた!」

須美子には兄が一人いるが、喧嘩をした記憶はあまりない。だが、浅見家の智美と雅人姉弟の小さい頃を思い出し、子どもの兄弟喧嘩などというのは、こんな些細なことから始まるものだったかもしれない——と感じた。

「もういいだろう。おあいこだ。さあ、早くアイスを食べてしまって、健太はもう寝なさい。じゃないと、明日もまた学校に行けないぞ」

「はぁーい」と、二人は不満そうな口ぶりだが声を揃えて返事をした。木村は「やれやれ」と首をなでながら襖を閉め、須美子の向かいに腰を下ろした。

「すみません、お見苦しいところをお見せして。母親が病気で他界してから日が浅く、二学期から新しい学校に通い始めたばかりですので、二人とも、情緒不安定なんだと思います。それでよく兄弟喧嘩をして生傷が絶えないんですよ。まあ、そういうことで、虐待ではありませんので、ご安心ください」

木村は笑いながら言った。

「そうだったんですか。本当にすみませんでした」

「ですから、もう謝らないでください。分かっていただければ、それでいいんですから」

何度も謝る須美子に、木村は困った表情で言った。

「はい、すみま……あ、ありがとうございます」

「ははは、どうぞ、麦茶がぬるくなってしまいますよ」

「いただきます」

須美子は一口飲んでから、「あの、失礼ですが奥様はいつ……？」と控えめに訊いた。

「七月です。それで、あの子たちのこともあるので、わたしは勤めていた会社を辞めて、都心から八月にこの街へ越し、今は在宅勤務が可能なウェブデザインの仕事をしています。

収入はずいぶんと減りましたし、部屋も狭くなりましたが、なるべく子どもたちと一緒にいる時間を作りたいと思いまして……」

「そうでしたか……」

なんと優しい父親ではないか。須美子はあらためて自分の浅慮《せんりょ》を恥じた。

「ええ。わたしも麻衣《まい》……ああ失礼、妻も、両親がすでに他界しているので、近くには誰も頼れる者がいなくて……。子どもの面倒を男親が一人でみるというのは、やはり大変なことですね……」

木村は悲しそうな顔で俯いてから、奥の部屋のガラス戸にチラッと視線を送った。さっきから、漂っている線香の香りはあの部屋からのようだ。

「ああ、失礼しました。『ヒロちゃん』の話でしたね……」

木村は気を取り直して、明るい声で言った。

「！」

スーパーでの失態で、須美子はすっかり大事なことを忘れていた。弘樹と健太への虐待は勘違いだったが、『D51……ヒロちゃんは俺が殺した……』という言葉の謎はまだ解決していない。

「確かにヒロちゃんはわたしが殺してしまったようなものです……」

「えっ!?」

木村の突然の告白に、須美子は驚愕の表情を浮かべた。

「もちろん、殺人事件なんかではありませんよ。でも……間接的にわたしが殺してしまったも同然ということです。……昔、わたしが新潟にいた頃の話なんですが――」

「え、新潟ですか？」

「ええ……もしかして吉田さんも？」

「はい、九年前、この街に引っ越してきましたが、それまでは長岡《ながおか》に住んでいました」

「おお、長岡ですか。わたしは山北町《さんぽくまち》――今は村上《むらかみ》市に合併されましたが、府屋《ふや》という駅の近くなんです」

「あっ、知ってます。山形との県境に近い辺りですよね。昔、電車で通ったことがあります。電車が海沿いを走って、景色のとても綺麗なところですよね」

「羽越本線ですね」

「そうです、羽越本線！　懐かしいわ……」

「いやあ嬉しいなあ、こんなところで越後の方とお会いできるなんて」

同郷と分かり、二人は急にうち解けた。気づけば自然と新潟弁が出ており、郷里の話ですっかり盛り上がった。

話が途切れたところで、ふと木村の表情に陰りが差した。その表情に気がついて須美子も麦茶を一口飲み、押し黙って木村の言葉を待った。いつの間にか、子どもたちの声も聞こえない。健太と一緒に、弘樹も眠ってしまったのだろう。

「……先ほどの話なんですが、聞いていただけますか」

下を向いたまま、木村が淋しげに言った。郷里の訛《なま》りはもうない。

「……はい」

須美子は居住まいを正した。

6

「わたしが……そう、今の弘樹と同じ十歳の頃のことです。近所にヒロちゃんという二歳年下の友だちが住んでいました。ヒロちゃんは小学校に上がる前から病気がちでしてね、学校には行けず、家で寝ているばかりの生活でした。そんなヒロちゃんの家に、わたしと近所に住む勝《まさる》という友人はよく遊びに行っていました。ヒロちゃんは学校に行けない代わりに本をたくさん読んでいたので、面白い話を聞かせてくれるんです。代わりにわたしと勝は、捕まえてきた虫を見せたり、メンコとかビー玉をあげたりしていました。まあ、正直なところ、ヒロちゃんのお母さんが出してくれる、カルピスが目当てというところもあったんですがね……」

木村は少し笑いながら、頭をかいた。

「その頃、羽越本線には、まだ汽車——D51が走っていたのですが、あるとき、わたしと勝は、橋を渡るD51の勇姿が見える絶好の場所を見つけたんです」

木村の口から「D51」という言葉が出たとき、須美子は例の都市伝説を思い出し、思わず身構えた。だが、木村はそんな須美子には気づかず、目を細めて話を続ける。

「その話をしたところ、ヒロちゃんは『いいなあ、トモ兄ちゃんたちは……。ぼくも一度でいいからD51の走っている姿を見てみたい』と言ったんです……。そのとき、わたしと勝は言葉を失いました。我々は、いつでも見たいときに見ることができる、当たり前のような風景だったのですが、ヒロちゃんにとっては本の中と同じ、夢のような光景だったんです。その言葉を聞いて、わたしはヒロちゃんをその場所に連れていってあげようと考えました。ヒロちゃんの両親に叱られるからやめたほうがいいと、勝は反対したんですけどね。わたしは意地になって、ヒロちゃんを連れていくと言い張って……、最終的には勝の反対を押し切って一人で……」

木村は途中で言葉を止めた。しばらく沈黙が続いたが、須美子は何も言わず続きを待った。

「——ヒロちゃんのお母さんが出掛けたときを狙って、わたしはヒロちゃんをそっと部屋から連れ出し、自転車の後ろに乗せて、出発しました。わたしにしがみついているだけでも、病気で体力の落ちていたヒロちゃんには大変だったと思います。でも、日本海がきらきら光り、煙を吐きながらやって来るD51を見たとき、ヒロちゃんは満面の笑顔で、『すごい！　すごい！　ありがとうトモ兄ちゃん！』と、とても喜んでくれました」

木村は麦茶を一口飲んで、一瞬、目の前の須美子に焦点を合わせたが、すぐに遠くを見る目になった。

「でも、二度とその笑顔を見ることはできなくなってしまったんです……。翌日、ヒロちゃんは亡くなりました」

「……！」

「ヒロちゃんは心臓を患っていたんです。ヒロちゃんが亡くなったのは、わたしが無理に外に連れ出してしまったことが原因なんです……」

天井を見上げた木村の目には、うっすらと光るものがあった。

「わたしが……わたしがヒロちゃんを……殺してしまったんです！」

「…………」

涙をこらえ絞り出すように続ける木村の告白に、須美子は返す言葉が見つからなかった。

「……あの日、D51を見に行ったあと、誰にも見つからず、ヒロちゃんを部屋に戻しました。勝も誰にも言わないでいてくれましたから、ヒロちゃんがD51を見に行ったことを、ヒロちゃんのご両親は知らないんです。……わたしは自分のせいでヒロちゃんを死なせてしまったことが怖くて……ヒロちゃんのご両親に告白することができませんでした。

それが、今、息子の弘樹があの時のわたしと同じ十歳になり、健太ももうすぐヒロちゃんと同じ八歳になると考えたとき、今更ながら、あの時のことを、ヒロちゃんのご両親にきちんと謝らなければならないと思ったんです。それで、実家の家業を継いで地元に残っている勝に、ヒロちゃんのご両親がまだあの家に暮らしているかを確認してもらおうと、電話したんです。残念ながらお父さんはずいぶん前に亡くなっていて、お母さんは最近引っ越されたそうで、今どこにいるのかは分からなかったんですけど……。あなたのお知り合いが聞いたのは、その時の電話だと思います――」

「……そうだったんですか」と、須美子は小さな声で言って、今日何度目かの頭を下げた。

その拍子に須美子の目から涙がこぼれ落ちそうになった。木村の話の途中から、須美子の目にも涙が浮かんでいたのだ。

慌てて横を向きハンカチを探していると、須美子の目が冷蔵庫と壁の隙間に挟まっている何かを捉えた。

〔まい〕

光の加減でハッキリとは見えないが、そう書かれた紙片のようだった。

（確か、木村さんの奥様の名前って……）

「吉田さん、どうかされましたか？」

木村の声にハッとした須美子は、狭いシンクに置かれた時計が四時半を指しているのに気がついた。

「あっ！　もうこんな時間」

「すみません、こんなにお引き留めするつもりじゃなかったのですが……」

「いえ、こちらこそ長居をしてしまってすみませんでした」

思った以上に過ぎていた時間に、須美子は目元をハンカチで押さえながら慌てて立ち上がった。

7

翌日の午後、須美子は買い物を済ませ、先に夕食の下ごしらえをしてから、若奥様の和子に、「五時半までには戻ります」と言い置いて再度浅見家を出た。木村友則にあらためてきちんと謝罪するためである。

昨日、木村の口からヒロちゃんの真相を聞いて、須美子はますます深まった自責の念に苛まれていた。帰り際にも「本当にもうお気になさらずに」と木村は言ってくれたのだが、そういうわけにはいかない。浅見家に来て九年。大奥様の雪江から、礼儀作法については、ことのほか厳しく教わってきた。このままでは、その大奥様の顔に泥を塗ることにもなりかねない。

（浅見家の恥にならないように……）

須美子は心の中でそう呟きながら、昔を思い出していた。


「きょ、今日から、どうぞ、よろしくお願いいたします」

住み込みで働かせてもらうことになった浅見家の大奥様・雪江の前でガチガチに緊張して頭を下げると、隣から先代のばあや・村山キヨが、取りなすように口添えをしてくれた。

「須美子は田舎者で、まだ若く未熟者です。至らぬ点やお恥ずかしいこともするかもしれませんが、どうぞ厳しく躾けてやってくださいませ」

キヨに向かって黙ってうなずいてみせてから、雪江は須美子に目を向けた。

「そんなに硬くならなくても大丈夫よ。しばらくは分からないことばかりだと思うけど、それほど難しいことはないのよ。それより、これだけは最初に言っておきますけどね須美子さん――」

そう言って、一度、コホンと咳払いしたあと、雪江は続けた。

「あなたもここに住んでいただく以上は浅見家の一員です。あなたが他所で非礼をすればそれは当家の恥。あなたの言動は我が家の家名に反映すると心してちょうだい」

「はい！」

「よいお返事ね。まあ、若いんですから飲み込みも早いでしょうし、すぐに慣れるわよ。

分からないことがあったら、なんでもわたくしか和子さんに聞いてちょうだいね」

「はい、大奥様」

須美子はキヨから事前に、浅見家の家族構成や、それぞれをなんとお呼びすれば良いかは聞いていたから、雪江のことを「大奥様」、雪江の長男でこの家の大黒柱である陽一郎のことは「旦那様」、陽一郎夫人の和子を「若奥様」、そして次男でこの家の居候状態になっている光彦のことを「坊っちゃま」とお呼びする練習だけはしてきていた。

最初の頃は、そんな上品な言葉遣いに、なんだかムズムズと落ち着かない須美子だったが、乾いたスポンジが水を吸い込むように、あっという間に浅見家の家風に馴染み、お手伝いとしての業務をてきぱきとこなすようになっていった。

やがて、雪江から「須美子さん」ではなく、「須美ちゃん」と親しみを込めて呼ばれるようになったが、須美子は気を緩めることなく、常に大奥様から言われた「あなたは浅見家の一員。あなたの非礼は当家の恥――」という言葉を肝に銘じて務めてきた。

木村が自宅での仕事だということは昨日聞いていたので、一日中、家にいる可能性が高いと思っていたが、須美子は子どもたちが学校から帰って来る時間を見計らって訪問することにした。男性一人のお宅にお邪魔するのはよくないと思ったからだ。

何かお詫びの品をと考えた須美子の頭に真っ先に浮かんだのは、浅見家御用達・平塚亭《ひらつかてい》の和菓子だった。浅見家から歩いて十分ほどのところにある平塚亭は、平塚神社の境内にある大正時代創業の店だ。須美子はそこで、大福や串団子など、弘樹たちが喜びそうなものを選んで詰め合わせてもらい、持参した風呂敷で丁寧に菓子折をくるんでから、木村家へと向かった。

色の剝げ落ちたドアの前に立って、一度大きく深呼吸をしたあと、須美子はインターフォンを押した。中から「はい」という木村の声が聞こえた。須美子は背筋を伸ばし、持参した平塚亭の菓子折が入った風呂敷包みを確かめるように持ち直す。

「昨日は、大変失礼いたしました！」

先手必勝とばかりに、ドアが開いた途端、須美子は深々と頭を下げた。

「吉田さん……」

木村は一瞬あっけにとられたように返答に窮していたが、黒縁眼鏡の位置を直しながら「いらっしゃい、どうぞ」と笑顔で迎えてくれた。

昨日、木村を見かけた時の第一印象――強面で黒縁眼鏡が凄みを増している――というのは、須美子の勝手な思い込みで、木村は笑うとなんとも柔和な表情をみせた。獰猛なドーベルマンだと恐れていたのが実は人懐っこいゴールデンレトリーバーだったくらいのギャップだ。須美子は自分の観察眼のなさをあらためて恥じながら、急いで風呂敷包みを解き、中から平塚亭の包装紙にくるまれた菓子箱を差し出した。

「あの、昨日のお詫びにと思いまして、これ、ほんの気持ちだけですが、弘樹くんと健太くんと一緒に召し上がってください」

「えっ、そんな困りますよ、本当にもう気にしないでくださいってお願いしたじゃないですか。久しぶりに同郷の方とお話しできて、かえって嬉しかったくらいなんですから」

木村はそう言って辞退しようとしたが、須美子も引き下がるつもりはない。しばらくそこで押し問答をしていると、「お父さん、誰?」と弘樹が襖を開けた。

「あ、昨日のお姉さんだ!」

須美子に気がつくと、玄関に出て来て「こんにちは!」と元気よく挨拶した。

須美子は屈んで弘樹の目線の高さに合わせ、「こんにちは弘樹くん、昨日はごめんなさい。あなたにもお父さんにも、失礼なことを言ってしまって」と頭を下げた。

「ううん、別にいいよ。それより、お姉さんも新潟の出身なんでしょう!」

弘樹がニコニコしながら、そう言う。

「あのあと、吉田さんがわたしと同郷だということを話しましてね。わたしの両親が生きていた去年までは、盆や正月に家族で帰省していたので、新潟のことを子どもたちも色々と覚えているんですよ。それで吉田さんにも急に親近感が湧いたようなんです」

「――お父さんもお兄ちゃんも、何やってるの?」

そこへ健太もやって来た。

「あ、それお菓子？」

「こら、健太、お姉さんにご挨拶しなさい」

「こんにちは。ねえ、それお菓子？」

健太の言動に、木村は「やれやれ」と言って頭をかいていたが、ふと「そうだ、では、お言葉に甘えて、そのお品は頂戴することにします」と言った。

須美子は安堵の表情を浮かべ、捧げ持った包みを差し出した。木村はそれを受け取りながら「ただし」と条件を付けた。

「吉田さん、あなたも一緒に食べていってください。こんなにたくさん、とても三人じゃ食べきれませんよ」

「え？」

「そうだ、お姉さんも一緒に食べようよ」

弘樹が須美子の手を引っ張った。

「早く食べようよ」

健太は父親の手の中の菓子箱を摑んだ。

その様子がおかしくて、須美子は、「ありがとうございます。では、お言葉に甘えて、少しだけお邪魔します」と言って靴を脱いだ。

「ほら、弘樹、健太、手を洗ってきなさい。洗い終わった順に、食べていいぞ」

「わーい!」

二人は競って洗面所のドアに飛び込んだ。

それから四人はダイニングキッチンのテーブルを囲んで、和菓子を堪能した。すっかり打ち解けた子どもたちは、「須美子姉ちゃんも一緒に見ようよ」と、奥の部屋で二人で見ていたらしいアルバムを、ダイニングテーブルへ持ってくる。

「熱は下がったので、学校には行かせたんですけどね、風邪が完全に治るまでは家の中でおとなしく遊びなさいと言ってあるんです。もしお時間があれば、少しだけつき合ってやっていただけませんか?」

「はい、喜んで」

須美子は、健太と弘樹に挟まれて、アルバムを見せてもらうことになった。

アルバムには、母親らしき女性と一緒に撮った写真も、たくさん収められている。旅行先や美しい景色を背景にした家族四人の記念写真もあり、幸せを絵に描いたような光景だ。向かいの木村は話しながら時々目が潤んでいるが、子どもたちはたくましく、母親のいない悲しみは別物として、母親との楽しかった思い出を須美子に我先にと話して聞かせる。

そのアルバムを見ていた須美子は、海をバックにSLが黒煙を吐きながら走っている写真を見つけた。

「あ、ＳＬ。これ、昔のお写真ですか？」

「いえ、それほど前ではありません。わたしの両親が健在だった頃、実家に家族で帰省した時の写真です。ほら、ここに子どもたちも写っているでしょう」

「へえ、本物のＳＬが、まだ走っているんですか……」

「走ってたもん！」

突然、健太が大きな声で言った。

「ぼく、ちゃんと見たんだもん。なのに、ＳＬが走ってるのを見たって新しい学校で話したら、『嘘つき』って言われて……」

健太は急に泣きそうな顔になった。

「須美子姉ちゃん、健太は嘘つきじゃないよ。ぼくだってＳＬが煙を出して走っているの、ちゃんと見たもん！」

弘樹が怒ったような口調で言う。

「ええ、わたしも健太くんは嘘なんてついてないと思うわ」と須美子は優しく言ったあと、「木村さん、これもしかして、特別列車か何かですか？」と訊ねた。

「ええ、そうなんです。この写真の時はイベントでＳＬが走るというので見に行ったんですが――。今どきの子どもは、ＳＬが走っているなんて、鉄道ファンでもなければ知らないのかもしれませんねえ」

「そうですね」

須美子はそう答えてから、（……それに、この辺りの子どもたちはきっと、ＳＬという
と飛鳥山公園に展示されているＤ５１のことを思い浮かべちゃうんでしょうね）と思った。

そのとき、ふと須美子は頭の片隅に何かがひっかかるのを感じた。だが、それが何かを
考えようとしたとき、突然、奥の部屋で電話が鳴った。

「あ、ちょっと失礼します」

木村が席を離れた。

「……ねえ、お兄ちゃん、やっぱりダメ？」

「………………」

健太が小声で耳打ちしたが、弘樹は無言で答えない。

「お兄ちゃんも、やりたいって言ってたじゃん！」

拗ねたような声はだんだん大きくなる。

「ダメなんだよ！　お父さん、今はとってもたいへんなんだから……」

弘樹は拳を振り上げ、それ以上口を開いたら殴るぞというジェスチャーをした。そして
二人揃って唇を噛みしめて俯く。須美子は、二人が突然なんの話を始めたのか分からず、
黙って見守っていた。

「でも、だからって、捨てることないのに……」と健太はまた小声でボソボソと呟く。

そこへ木村が戻ってきた。

「やあ、すみません。なんだかよく分からない勧誘の電話でした」

「ねえお父さん、勇斗《ゆうと》くんちの近くの飛鳥山公園ってところに、モノレールがあるんだって。健太の風邪が治ったら、今度の休みに連れてってよ！」

弘樹は突然、学校で仕入れてきた話題を持ち出し、健太の話を打ち切った。しかも、「そのモノレールね、タダで乗れるんだよ」と、ここがポイントとばかりに「タダで乗れる」ことを強調した。

「ん？　ああ、そうだな。じゃあ、健太の風邪が治ったら乗りに行ってみるか」

「わーい！　ねえ、お兄ちゃん、モノレールって何？」

健太は笑顔を取り戻してはしゃいだ声を出したが、モノレールがなんのことだか分かっていないようだ。

「えっ？　モノレールはモノレールだよ」

弘樹も、あまり理解していないらしい。

「須美子姉ちゃんは知ってる？」

健太が須美子に訊ねた。

「ええ、モノレールっていうのは、一本の線路にまたがって動く電車のことよ。そういえば王子駅の中央口あたりに乗り場があったけど、飛鳥山のモノレールには、わたしも乗ったことがないから詳しくは分からないわ……」

「じゃあさあ、須美子姉ちゃんも一緒に行こうよ!」

健太は須美子に満面の笑みを向けた。

「え、わたしも行っていいの?」

「うん!」

健太がニコニコしながらうなずく。

「……そうねえ。お休みの日の午後なら、行けると思うけど……」

「ホント? じゃ、今度の日曜日! 約束だからね!!」

「でも……」

「あの、ご無理なら断ってくださいよ。何かご予定があるんじゃありませんか?」

木村が慌てて言った。

「いえ、そうではなくて、折角のご家族の団欒なのにお邪魔じゃないかと思いまして」

「大勢で乗ったほうが楽しいに決まってるよ。須美子姉ちゃんの彼氏も連れてきていいよ」

健太が言った。

「ははは、まあそういうことです」

木村も笑って健太を援護する。

「じゃあ、ご一緒させていただきます。彼氏はいないけどね」と須美子も笑顔になった。

「では、王子駅の中央口に、日曜日の午後二時でいかがですか」

「はい、大丈夫です」

「それでは、よろしくお願いします」

「こちらこそ、よろしくお願いします」

須美子は、まだまだ遊び足りないと引き止める弘樹と健太をなだめながら席を立った。

「――あ、そうだ。あの、最後に一つ、つかぬことをお伺いしてもよろしいでしょうか……？」

アパートの外まで見送ってくれた木村に須美子は訊ねた。

「はい？　なんでしょう」

「『10月4日Ｄ51』と書いてある、このくらいの紙にお心当たりはありませんか？」

須美子は手で大きさを示しながら訊ねた。木村はしばらく考えていたが、突然、ハッとした表情を浮かべた。

「……その紙のことは知りませんが、ただ……」

木村は一呼吸おいてから深刻そうな声のトーンで言った。

「三十八年前、ヒロちゃんと一緒にＤ51を見に行ったのが、十月四日でした」

「え！」

「いえ、ただの偶然だと思います。わたしはそんなものを書いた覚えもないし、見たこともありません。……その紙っていうのは、いったい？」

「道に落ちていた紙に、そう書いてあったんです」

須美子は自分が拾った紙片のいきさつを話した。

「……なるほど、『10月4日D51』と書かれた紙が空から舞い降りて来た——ですか。もしかしたら、天国のヒロちゃんからの、メッセージかもしれませんね……」

そう言ってから木村は、淋しそうに笑った。

「ああ、そうそう、それに十月四日といえばうちの……」と、木村が続きを話しかけたとき、「お父さーん、健太がまたひっかいたー！」と、玄関のドアを開けながら弘樹が叫んだ。

「しょうがないなあ。ご近所に迷惑だから静かに喧嘩しなさい」

木村は弘樹を部屋に押し戻しながら、須美子に「すみません」と苦笑してみせた。

「それでは木村さん、わたしはこれで」

「ああ、ほんとうにすみません。最後まで子どもたちが迷惑をかけて」

「とんでもない。日曜日、楽しみにしています」

須美子は木村にお辞儀をして、歩き始めた。

（木村さん何を言いかけたのかしら……まあいいか、日曜日にお会いしたときにでも、お

聞きしてみよう）

8

木村のアパートを辞去した後、須美子はその足で花春へ向かった。若奥様には夕食の準備を始める五時半までお暇をもらったので、まだ少し時間がある。

「こんにちは」

須美子が花春のドアを開けると、店内には育代と日下部の二人だけだった。

「あ、須美ちゃん、ちょうどよかったわ。日下部さんがね『動くD51』の正体を摑んだのよ！」

「ああいや、これが正解かどうかは分かりませんが、出どころらしき話に行き当たりましてね……」

育代が勢いよく上げたハードルを、日下部は遠慮がちに下げた。

「……あ、もしかして、二学期から転校して来た兄弟のお話じゃありませんか？」

木村の家でSLの話をしていた時に頭の片隅にひっかかった何かの正体を、須美子はようやく摑んだ気がした。

「どうしてそれを⁉」

日下部は目を丸くして驚いた。

「え？　え？」

育代は須美子と日下部の間で、卓球の試合でも見ているかのように忙しなく顔を動かしている。

日下部の反応から、今、自分が思いついた想像が当たっていることを確信し、須美子は話し始めた。

「つまり、噂の出どころはこういうことじゃないでしょうか。……ある日、転校生の弟のほうが、『ぼく、走っているSLを見たことがある』と言った。すると、クラスメイトの誰かが『嘘をつくな。動くわけないだろう』と言う。その子はきっと、飛鳥山公園のSLを思い浮かべたんでしょうね。とにかく、ここで誤解が生まれて、転校生の弟は仲間はずれのようになってしまう」

須美子は日下部の反応を確認してから続けた。「そして、色々と悪口を言われるようになった。たとえば、『アイツの兄ちゃん傷だらけなんだぜ』とかじゃないでしょうか。そういった話があいまって、『SLが動いてるの見るとアイツの兄ちゃんみたいになるんだよ』と噂が広まり、やがて『動いているD51を見ると傷だらけになって殺される』といったような尾ひれが付き、都市伝説に変化していった……」

「……これは驚きましたな」

日下部は驚嘆の表情でそう言った。

「えっ？　須美ちゃんの言ったこと、当たってるの？」

「わたしが聞いた話も同じようなものでした。須美子さん、あなたはいったい、どこでそれを……？」

須美子は昨日と今日のいきさつを、二人に報告した。

「そんなことがあったの……。でも、これからは無茶なことをしないでちょうだいね。木村さんはいい人みたいだからよかったけど、もし須美ちゃんに何かあったら、わたし……」

育代は目を潤ませて須美子の無謀な行動をたしなめた。

「ごめんなさい、育代さん」

須美子は素直に謝った。実際問題、もしも木村の虐待が事実で揉め事にでもなっていたら、自分の身も危なかっただろうし、何より警察庁刑事局長である陽一郎にも累が及んでいたかもしれないのだ。冷静になって初めてその考えに至り、須美子は大いに反省した。

「まあまあ、育代さん。結果、子どもが虐待されているのではないことも分かりましたし、都市伝説のほうは、わたしの聞いた話とも一致します。『動くＤ５１』の噂の正体は、これで間違いないでしょうから、さすが須美子さんと言っていいのかもしれませんよ」

「そ、そうよね。たしかに色々とスッキリしたわ。さすが名探偵の須美ちゃんね！」

「もう、育代さんたら。以前にも言いましたけど、わたしは名探偵なんかじゃありませんってば」

須美子が顔を赤くして否定する。

「ははは」「ふふふふふ」

久しぶりに花春に楽しげな声が響いた。

「……でも、結局、あの紙ってなんだったのかしら」

須美子がふと思い出したように呟いた。

「ああ、この紙ですな」

日下部がカバンから二枚の紙切れを取り出し、テーブルに載せた。

「あ、そうよね。この紙のことは解決していなかったのよね。なんなのかしら、いったい」

「…………」

「…………」

日下部も須美子も、これに関してはなんの答えも持っていなかった。

「まあ、あまり気にすることはないのかもしれませんな。わたしが聞いた電話と違って、切羽詰まった問題でもなさそうですし」

「そうね、単に何かの約束を書き留めただけかもしれないものね。わたしも時々あるのよ、約束を書いた紙をなくしてしまって、いつだったかしら……って」

育代がそう言うと、日下部は「なるほど約束ですか。その線はあり得るかもしれませんな。いい推理です」と、感心したように言った。

「本当？　わたしにも、名探偵の素質があるのかしら！」

「ええ、もしかすると……。ねえ、須美子さん？」

「はい、わたしなんかよりずっと……あっ」

「どうしたの須美ちゃん」

「約束といえば……この紙にある十月四日って、今度の日曜日ですよね」

「ええ……どうしたの須美ちゃん？」

「実は日曜日に健太くんたちと、飛鳥山のモノレールに乗る約束をしたんです。それだけのことなんですけど、なんだか不思議な縁みたいなものを感じてしまって……」

「なるほど、たしかにそうですな」

日下部は腕を組んで、感心したように二度三度うなずいた。

「あ、そうだ。日下部さんと育代さんも一緒に行きませんか」

「あら、いいわね。わたしもあのモノレールにはまだ乗ったことがないのよ。日下部さん、一緒にお邪魔しましょうよ！」

「……いやあ、申し訳ない。日曜は地方の学会に出席しなければならないんです」

「あら……残念だけど、お仕事じゃ仕方ないわね。じゃあ、須美ちゃん、二人で行きましょう」

「はい」

「でも、いいのかしら関係ないわたしが行っても？」

「大丈夫だと思いますよ。健太くんも大勢のほうが楽しいって言ってましたし、そもそもわたしだって関係ないといえば関係ないわけですから。それに、実際のところ関係なくはないじゃないですか」

「あ、そうよね。わたしも木村さんにお詫びしなくっちゃ……」

「おお、そうですな。それでしたら、やはりわたしもご一緒しなければ……」

そう日下部が宣言しようとするのを育代が遮った。

「ダメですよ。日下部さんはちゃんと学会に行ってください。その代わり、日下部さんの分も、わたしが謝っておいてあげますから」

「……そうですか？　では、申し訳ないのですが、育代さん、よろしくお願いします」

「任せておいて！」

育代はドンと胸を叩いた拍子に「ゲホゲホ」と咳こんだ。

「大丈夫ですか」

「ちょ、ちょっとはりきりすぎちゃったわね」

そう言って、恥ずかしそうに肩をすくめる育代を見て、日下部と須美子は顔を見合わせて笑った。

花春の帰り道、空は黒い雲に覆われ、まだ五時を過ぎたばかりだというのにもう夜になったような暗さだった。ゴロゴロゴロと、遠くで雷鳴も聞こえる。

「なんだか嫌な天気ね。急いで帰らないと今にも降り出しそう……」

須美子が小走りに商店街の角を曲がると、少し先でうずくまっている老婦人の姿が目に入った。

(具合でも悪いのかしら。それとも何か落とし物でも……あっ！　そういえば、もう一つの都市伝説ってこんなシチュエーションだったわよね。たしか、白髪のおばあさんが道で探し物をしているって。でも、まさか……)

須美子は首をブンブンと振って、「あの、どうかなさいましたか？」と、恐る恐る後ろから声をかけた。

近くでみると、長い白髪の小柄な老女だった。

「……カミを……」

「えっ？」

「……亡くなった子どもの……形見のカミを……」

そう言いながら老女が振り返ったと同時に、ピカッと空が光り、皺だらけの顔が稲光に浮かび上がった。

須美子の脳裏に『髪の毛をブチブチッと……』と言った日下部の言葉が一瞬で思い起こされた。

ピシャッ！　ドーン‼

突然、頭上で大きな雷鳴が轟き、「ひぃ！」と言葉にならない悲鳴をあげて、須美子は一目散にその場から逃げ出した。

息を切らせて帰って来た須美子を見て、リビングにいた雪江が「どうしたの、須美ちゃん、何かあったの？」と心配そうに勝手口に顔を覗かせた。

「い、いいえ、遅くなってしまって申し訳ありません。すぐにお夕食の準備にとりかかります」

そう言って、須美子はキッチンの奥にある自室へエプロンを取りに向かった。

全力疾走をしたことと先ほどの恐怖のせいで、長い間、心臓がバクバクしていたが、夕食の準備に集中するに従い、冷静に先ほどの出来事を振り返ることができるようになってきた。

（さっきはビックリしたけど、あのおばあさん、本当は何か事情があったのかもしれないわよね……）

心が落ち着くと、須美子は彼女に悪いことをしてしまったと反省した。

9

その夜、須美子がダイニングに陽一郎の夜食を用意し終えてリビングを覗くと、テレビがついていた。夜の十時近くに、雪江、和子、智美、雅人、光彦の五人が顔を揃えているのは、とても珍しいことだったので須美子は内心驚いた。浅見家では大抵の場合、全員が揃って何かをするのは夕食時間まで。その後は、それぞれ自室で宿題に精を出したり、順番にバスルームを使ったりと、あまり全員がここに揃うことはない。

「あら、須美ちゃんも手が空いたなら一緒にご覧なさいな。これからケーブルテレビで、飛鳥山の特集番組があるのよ」

大奥様の雪江が嬉しそうに言ったところを見ると、彼女のご託宣によって、家族が集められ、ここに居住まいを正しているらしい。

「では、わたくしもご相伴させていただきます……」と言って須美子は、全員が座っているソファーの後ろの壁際に立った。もちろん、雪江はソファーを勧めたのだが、須美子は固辞した。テレビが見たくなかったわけではなく、仕事の時間ではなくとも自分の立場を考え、然るべき一線は画すようにしているからだ。むしろ、日曜日に木村一家と飛鳥山へ行く予定の須美子にとって、この誘いは願ってもないことだった。

「ほら、始まったわ」

雪江が少し華やいだ声でそう言った。

画面には『わが街・北区』と大きな文字が躍り、雪江の言ったとおり、『〜飛鳥山特集〜』とサブタイトルがついていた。

『わが街・北区』は、「観光、自然、文化など北区の魅力を再発見する」というコンセプトで、毎週放送されている番組だ。

(今週に限ってなぜ、大奥様は全員を集めたのかしら?) と疑問に思った須美子だったが、その答えは、すぐに判明することになる。

番組は、最初にレポーターが飛鳥山のモノレールを紹介し、それに乗って飛鳥山頂上へ向かうところから始まった。

『――このモノレールは、ご高齢の方や、体が不自由な方、そして子ども連れの方など、誰もが気軽に公園を利用できるようにと、今年の七月十七日から運行を開始しました。今日はこのモノレールに乗って、山頂へ登ってみたいと思います』

そう言って、レポーターはカメラマンと共にモノレールに乗り込んだ。わずかな時間だが、レポーター越しに、都電が走る本郷通りの風景などが映った。車内では北区大使《アンバサダー》の倍賞千恵子氏による、飛鳥山の紹介ナレーションが聞けるらしい。

ものの数分で山頂に着くと、レポーターは公園内に建つ石碑やモニュメントを紹介しつつ、王子方面から、西ケ原方面へと公園内を歩いて移動した。

『――飛鳥山は、言わずと知れた桜の名所です。桜の時季はもちろんですが、九月が終わろうとしているこの時季でも、桜の木々は濃い緑の葉を繁らせ、涼しい木陰を作り、美しい風景をわたしたちに見せてくれています』

飛鳥山の遊歩道が映し出され、次にカメラがパーンした時に、写生をしているグループの姿が大きく画面に映った。

「あっ、お祖母《ばあ》ちゃまだわ！」

「ホントだ！　絵までバッチリ映ってる！」

智美と雅人がいち早く祖母を発見し歓声を上げると、雪江は満足そうに微笑んだ。どうやら、これを見せるのが目的だったようだ。

「この日はちょうど、絵画教室の屋外デッサン会だったの。『映してもいいですか？』って言われたから、お断りしたら角が立つと思っていやいやお受けしたのよ……」

孫たちにそう応える〝お祖母ちゃま〟は、言葉とは裏腹に、まんざらでもない様子である。

「しかし、これだけ清々しい晴天だ。デッサン日和で、撮影隊にとってもお母さんたちはさぞ絵になったのでしょうねえ」

「……光彦、あなたはまた、そんな見え透いたおべんちゃらを言って……。その口の軽さはなんとかならないの？」

「すみません」

雪江にそう言われた光彦は、須美子をチラッと見て、肩をすくめてみせた。

『――この地を桜の名所に仕立てたのは、八代将軍徳川吉宗です。約三〇〇年前、吉宗が享保の改革の施策の一つとして、江戸っ子たちの行楽の地とするため、飛鳥山に一二七〇本もの桜を植え、ここを桜の名所にしたのです』

テレビには、飛鳥山の桜が満開の時期のVTRが流れている。お花見で賑わう様子や夜桜の様子などだ。

『――さて、この公園には、北区の自然・歴史・文化を紹介する「北区飛鳥山博物館」、世界有数の「紙」専門の博物館である「紙の博物館」、そして、日本の近代経済社会の基礎を築いた渋沢栄一氏の資料を収蔵、展示している「渋沢史料館」が存在し、区民の憩いの場としてばかりか、学びの場としても、有効に活用されています』

映像が、その渋沢史料館の内部紹介に切り替わった。

そのあと、カメラは児童エリアの滑り台、砂場など、各種遊具や家族連れで賑わう休日の昼下がりの様子を映し出した。たくさんの子どもたちが遊んでいるが、中にはスマートフォンや小型のゲーム機に熱中している姿も散見される。

「まったく、外に出たときくらい、ゲームなんてしなければいいのに」と雪江は不満顔だ。

「でも、面白いんだって友だちが言ってた……」と雅人が小声で言う。

「ねえ光彦、ゲームより面白いことなんてたくさんあるわよね」

急に矛先を向けられた光彦だが、慣れたもので、間を置かずにきちんと模範解答を返す。

「そうですね。歴史を学ぶこともまたゲームとは違う面白さがありますね」

「どこが面白いの？」

雅人は不満顔で訊ねる。

「そうだね、たとえば隠された謎を探すことかな。昔のことは様々な書物に記されているけど、空白の期間があったり、事実と違うことが書かれていたりすることがあるんだ。そういうとき、もしかしたらという仮説を立て、思考を深めていくと色々な出来事が繋がって、隠れていた真実が見つかったり新たな発見に辿り着くことがある。どうだいワクワクするだろう？」

「うーん、よく分からない……」と言ったあと、雅人は雪江に聞こえないよう和子のほうを向いて、「やっぱりディーエス、ぼくも欲しいなあ……」とボソッと呟いた。

雅人の声が聞こえていた須美子だが、ゲーム機のことはまったく知識がない。そのため、なんのことを言っているのかよく分からなかったが、先日、雅人が「今大人気なんだ」と和子に熱心に訴えていたことを思い出した。

（ふふふ、雅人坊っちゃま本当に欲しいのね、そのゲーム機……ん？　あれ、今何か――）

須美子の頭に、ぼんやりとした雲の欠片のようなものが、ふわっと浮かびかけた。

『――このD51型蒸気機関車853号機は、昭和十八年鷹取工場製。戦中、戦後を関西で過ごしたのち、長岡、酒田と転じて酒田区で昭和四十七年六月十四日付けで廃車。その後、ここ北区の飛鳥山公園で、今は子どもたちの格好の遊び場となっています――』

暮れ時に降り出した雨が、折からの強風にあおられて窓を叩く。

布団にもぐり込んだ須美子は眠りにつくまでの間、いろいろな出来事をパズルのピースのように思い返していた。

（あの日、風に導かれるように舞い落ちてきた二枚の『10月4日D51』と書かれた紙。これについてはまだ何も解決していない。子どもたちの間で流行っている遊びとも思えないし、約束を書き留めただけだとしても疑問が残る。なんで一枚だけ古そうだったのか――。それから日下部さんが聞いた『D51……ヒロちゃんは俺が殺した』という木村さんの電話。そのことから、わたしは木村さんに出会い、子どもの頃のヒロちゃんとの悲しい思い出を聞かせてもらった。そういえば、弘樹くんと健太くんのあの会話はなんだったのかしら。弘樹くんが健太くんを諫《いさ》めてるみたいだったわね。お父さんが大変だとかなんとか。それから、木村さんが最後に言いかけたことも日曜に確認してみようかな。……それにしても、あの『動くＤ５１』の都市伝説を聞いた日から、うまく説明できないけど……そう、運命の歯車が動き始めたような気がする。……もしそうだとすると、『探し物をするおばあさん』の都市伝説もわたしをどこかへ導いているのかも。なーんて、そんな突拍子もないこと――）。

　そこまで考えたとき、ふと、先ほど光彦が雅人に語っていた言葉が頭をよぎった。

『もしかしたらという仮説を立て、思考を深めていくと色々な出来事が繫がって、隠れていた真実が見つかったり新たな発見に辿り着くことがある――』

　それは突然のことだった。須美子の頭の中で、いくつもの出来事が綺麗な一本の糸で繫がった気がした。

（でも……まさか、そんな奇跡のような偶然が……）

　須美子は、自分の思いつきを否定しようとしたが、ふと、木村が言ったひと言を思い出した。

『天国のヒロちゃんからの、メッセージかもしれませんね……』

（……ヒロちゃん、もしかして、本当にあなたからのメッセージなの？）

　幽霊の存在など信じない――というより、どちらかというと恐れているが故に信じないようにしていた須美子だったが、不思議と今は怖いという気持ちは湧いてこなかった。

（とにかく明日、確かめてみよう……）

そこで思考を止めると、須美子はあっという間に夢の国の住人となった。

10

一夜明けると、目のくらむような青空が広がっていた。

須美子は、午後の買い物の時間になると家を飛び出し、駆け足で昨日の老婦人を探した。

（今日も同じ場所にいらっしゃるとは限らないけど……）

だが須美子の意に反して、彼女は昨日と同じ場所で同じように道端にしゃがみ込んでいた。その小さな背中は、アスファルトの脇の草むらや植え込みをかき分けたり、落ちている古新聞を丹念に調べたりしているようだった。

「あ、あの……」

「…………」

須美子が声をかけると、曲がった腰を精一杯伸ばして老婦人はゆっくりと振り向いた。年の頃は七十過ぎくらいだろうか。町中ではあまり見かけない地味な服装に、風に乱れた長い白髪、そして曲がった腰が、彼女をいっそう老けて見せていた。

「昨日は、突然逃げ出してしまって、申し訳ありませんでした！」

老婦人は、しばらく考えてから、「……ああ」と思い出したように言った。

「急に雷が鳴ったものですから、その、ビックリしてしまって……」

須美子は言葉を選んで、そう言い訳をした。

「ふふふ、いいんですよ。わたしが恐ろしい鬼婆にでも見えたんでしょう？」

老婦人はいたずらっぽく笑いながら、そう言った。

「えっ？」

「このあいだもね、子どもたちが来て、『あのおばあさんに話しかけると髪の毛を引き抜かれるぞ』って、ヒソヒソ話していましたから」

（やっぱり……）

老婦人の話を聞いていて、須美子は自分の夕べの思いつきが当たっていることを確信した。

「あの、もしかして新潟のご出身じゃありませんか？」

須美子は突然訊ねた。

「え？　ええ、そうですけど……」

「わたしも新潟出身で、九年前にこの街に引っ越して来たんです」

「あら、そうなの。わたしはついこのあいだ、九月のはじめに下越の府屋という町から、こちらに住む妹のところへ引っ越して来たんですよ」

「やっぱり、府屋でしたか」

「？」

「亡くなられたお子さんのカミを探していらっしゃるんですよね」

「え、ええ。でも、カミって言っても、髪の毛じゃなくて……」

「はい。ヒロちゃんが書いた『10月4日Ｄ５１』の紙ですよね」

「!!!」

須美子の言葉に、それこそ彼女は鬼でも見るような驚愕の表情を浮かべた。

「あの、その紙、何日か前にわたしが拾って、今はある人に預けてあるんです。それで……ちょっと長くなりますけど順番にお話ししますので、よかったら一緒に来ていただけませんか？」

須美子がそう言っても、彼女は凍り付いたように動こうとしない。

（驚かせてしまったかしら）

「あの形見の紙をお返ししますので……」

須美子がさらに言葉を続け促すと、ようやく老婦人は無言でうなずき、あとについて歩き出した。

道すがら、須美子は先日の突風で空から紙が舞い落ちてきたことを話した。すると老婦人もようやく少し安心したように、口を開いた。

「……そうでしたか。あれは、こちらへ引っ越して来る途中、先ほどの辺りでトラックの窓から、風で飛ばされてしまいまして、それでずっと探していたのですが……」

ぽつり、ぽつりと話しながら、ゆっくりした足取りで半歩遅れてついてくる。二人が目指す花春はすぐそこだ。

「昨日、日下部さんが、『学会に行っている間に必要になるかもしれないでしょうから』って置いていったから、ここにあるけど……」

育代は須美子が連れてきた老婦人を、チラチラと見ながら言った。

「よかった」

須美子は育代から、『10月4日D51』の紙を二枚受けとって、古いほうを彼女の前へ差し出し、「これでしょうか？」と微笑んだ。

「ああ、これです……」

失くした時よりだいぶボロボロになったであろう紙切れを受け取り、言葉を詰まらせて、しわくちゃの頬にポロポロと涙をこぼした。育代は誰だか分からない婦人にも優しく椅子を勧め、てきぱきと温かいお茶を入れた。育代が出してくれたお茶を飲んで、少し落ち着きを取り戻した婦人は、「お見苦しいところを……」と、また顔をしわくちゃにして照れ笑いを浮かべた。

「わたしは、先月、新潟と山形の県境にある府屋というところから、こちらへ越して来た出雲幸子《いずもさちこ》と申します。このたびは、大変お世話様になりまして……」

幸子は座ったまま、曲がった腰をさらに屈めるようにして、須美子と育代に礼を言った。

「出雲さん、珍しいお名前ですね。わたしは吉田須美子と申します。こちらはお友だちの小松原育代さん、この花春のオーナーです」

須美子に紹介されて、親子ほど年の離れた「友だち」の育代は「小松原です」とペコリと頭を下げた。だが、その顔には相変わらず疑問符がいくつも浮かんだままだ。

「あの……それで出雲さん。その紙片はよほど大切な物だったんでしょうね……？」

育代が訊ねると、幸子は「これを書いたのは、わたしの息子なのです」と言った。

「えっ？　出雲さんの息子さんってことは、わたしよりは若いでしょうけど、もうずいぶんなお年……いえ、大きくなってらっしゃるんですよね」

「……いえ。八歳の時に病気で他界いたしました。これを書いてすぐでしたから、これは形見なんです……」

育代は「そうでしたか、そんな幼くして……」と、丁寧にお悔やみを述べた。

「育代さん、出雲さんの息子さんが、あのヒロちゃんなんです」

「え、本当!?」

「……あの、吉田さんはどうして息子のことをご存じなのですか？」

「いえ、知っている——というわけではありませんが、あの、出雲さん。良かったらその紙を書いた時の、お子さんのお話を聞かせていただけませんか？」

須美子は幸子の質問には答えず、逆に問いかけた。

幸子は、戸惑っていたが、息子の形見を拾ってくれた恩人が知りたいのならと、静かに口を開いた。

「——博幸《ひろゆき》が亡くなったのは、今から三十八年前の昭和四十六年十月五日でした」

「ヒロちゃんは、博幸くんていうのね」

育代が須美子に耳打ちする。幸子は、二人の様子を意に介さず、話を続けた。

「息子は生まれつき心臓が弱く、入退院を繰り返していました。だから保育園や幼稚園はもちろん、小学校にも満足に行かせてやれないような状態でした。そして亡くなる前日、十月四日のことです……」

『10月4日D51』と書かれた手の中の紙切れをじっと見つめ、唇を噛みしめた幸子は、ゆっくりと続けた——。

「実は、ご近所のお友だちが、こっそりと博幸を連れ出したんです……」

11

十月四日、日曜日は快晴だった。天気予報によると気温は三十度近くまで上がるそうだ。須美子は子どもたちと遊ぶ気満々だったので、半袖カットソーにワイドパンツで出掛けたが、道中ジリジリと照りつける太陽に、半袖のシャツから伸びる腕の日焼けが、少しだけ気になった。

飛鳥山へ登るモノレールには六人の姿があった。須美子と育代、木村親子、そして出雲幸子だ。

午後二時に王子駅の中央口で待ち合わせた須美子と木村親子の元へ、育代が幸子を連れて合流した。全員と顔見知りなのは須美子だけだったが、それぞれに「あとで皆さんをご紹介しますね」と言って、待ちきれない子どもたちのために、とにかくモノレールへと乗り込んだのだ。

この暑さで人出は少なく、他に乗客はいなかった。モノレールはアスカルゴという愛称がついていて、その名のとおりカタツムリのような格好で急坂をのんびり上る。飛鳥山は山といっても標高は二五・四メートルしかない。そのため所要時間は片道たったの二分。本当にわずかな時間だが、子どもたちは大はしゃぎだ。みるみるうちに小さくなる明治通りを見下ろして、「お兄ちゃん、都電だよ！」「お、ＪＲも見えるぞ。すげえなあ！」などと、歓声を上げている。振り返れば、王子駅から延びる線路を、カラフルな電車が何本も行き来しており、大人たちも童心に返って窓の外の景色を楽しんだ。

山頂駅に着くと、須美子は子どもたちに「あっちに面白いものがあるのよ」と言って先導するように、のんびりと歩き出した。もちろん、幸子の歩く速度を慮《おもんぱか》ったこともあるが、この暑さでは、急ぐ気になどとてもなれない。それでも、桜の大木が木陰を作る散策路には、「山」というだけあって、爽やかな風が吹き抜ける。

道すがら、須美子は全員を紹介した。弘樹と健太は、年配の——彼らから見たら二人ともおばあさんと呼ばれる年代の女性に敬意を払ってか、行儀良く「木村弘樹です」「木村健太です」と自ら名乗った。それを見た育代は、ニコニコと笑顔を返して、「須美ちゃんのお友だちで『花春』っていうお花屋さんをしている、小松原育代です。よろしくね」と、子どもの目線に高さを合わせて挨拶をした。

「へぇ、おばさん、お花屋さんなんですか」

弘樹が遠慮がちに言うと、健太が元気よく、「ぼく、知ってるよ。スーパーの近くにあるお店だよね？」と割り込んだ。

「ええそうよ。よく知ってるわね。良かったら二人で遊びにいらっしゃいね！」

早くに夫を亡くし、自分に子どもがいないせいか、元気の良い子どもたちと触れ合うのが楽しくて仕方がないらしい。満面の笑みを浮かべて、二人の帽子を直したり汗を拭いてやったり甲斐甲斐しく世話を焼く。

それから須美子は、「こちらは木村さんです」と紹介した。木村はそれを受けて、「この子たちの父親です。どうぞよろしく」と、育代と幸子に等分に、愛想良く頭を下げた。

幸子は木村の礼に、「こちらこそ」と曲がった腰をもっと曲げて頭を低くし、「よいしょ」という感じで体を起こした。

「わたしは最近、この近所に住む妹のところへ引っ越してきた、いず……」

幸子が続けようとするのを遮るように、須美子が「幸子さんです」とだけ言った。

幸子は、そんな須美子の紹介に戸惑いつつも、「この辺りのことはまだ、右も左も分かりませんので、どうぞよろしくお願いします」と、馬鹿丁寧に、木村に向かってもう一度頭を下げた。

木村もつられて「こちらこそっ！」と慌てた様子で頭を下げ返し、「わたしたち親子も、最近北区へ越して来たばかりなんです。こちらこそよろしくお願いします」と、またペコリとやった。

「まあまあ、ご挨拶はその辺で。もうすぐですよ！」

須美子は二人のお辞儀の応酬を止めるように割って入った。

あちらこちらと走り回る弘樹と健太を追いかけて、育代は自分も子どものようにはしゃぎ、「待て、待て～」と、大声をあげている。

「育代さん、熱中症で倒れないでくださいよ～」

須美子はすっかり自分のお株を奪われた格好だが、その邪気のない光景は微笑ましくもあった。

しばらく行くと、弘樹と健太が同時に「あー!!!」と歓声を上げた。二人の先には、児童エリアが見えている。

入口には赤と白に塗られた塔の形の門柱が立ち、手前に黄色の都電の車両が展示されていて、公園の真ん中にはお城のような外見の巨大な滑り台がデーンと構えている。そこここに大勢の子どもたちが楽しそうな笑い声を上げて駆け回る。それを見た二人も、歓声を上げて猛スピードで駆け出していった。すでにヘトヘトの育代も肩で息をしながら慌てて二人を追いかけていく。

木村が「弘樹！　健太！　あんまり遠くへ行くなよ」と大声で言いながら公園の門柱を抜けたとき、どこからか「トモ兄ちゃーん！」と呼ぶ幼い子どもの声が聞こえた。

木村がギクリと足を止め、声のしたほうへ視線を送る。須美子も幸子も驚いて声の主を探した。そこには、D51から手を振る、七、八歳くらいの少年の姿があった。

「あれはD51……ヒロちゃん……!?」

木村は呆然とした表情で呟いた。

「こっち来いよ、ユースケ」と呼ばれて、Ｄ５１に乗っていた少年は、「トモ兄ちゃん」のいる滑り台のほうへと駆け出して行った。

（……ビックリした。本当にヒロちゃんかと思っちゃったわ）

「…………」

横を見ると木村は放心状態で佇んでいた。

「今、ヒロちゃんって……？」

幸子にそう言われて、木村は振り返った。何か探すように二人ともお互いの顔を穴があくほど見つめている。

「まさか……ヒロちゃんの……？」

木村がかすれた声で言葉を吐き出し、それを須美子が引き取った。

「ええ、そうなんです。木村友則さん。こちらヒロちゃんのお母さん、出雲幸子さんです」

須美子は珍しい苗字の「出雲」を木村に聞かせるために、そして「友則」という名前を幸子に聞かせるために、わざと二人をフルネームで呼んだ。

「木村友則……、トモちゃんなの？」

幸子に「トモちゃん」と呼ばれた木村は、しばらく呆然としていたが、突然はじかれたようにその場で深々と頭を下げた。

「も、申し訳ありませんでした！」

「！……」

木村の言葉に驚いた表情のまま幸子は固まった。

「――三十八年前のあの日……ヒロちゃんが亡くなる前日、僕がヒロちゃんを連れ出してしまったんです！　だから、僕のせいでヒロちゃんは……」

喉の奥から絞り出すような声だった。木村は「本当に申し訳ありません……」と再び言ってから、その場に膝をつこうとする。

幸子は我に返ったようにハッとした顔で両手を伸ばし、その小さな体で大きな木村を抱きしめた。

「違う、違うのよ、トモちゃん！　聞いてちょうだい！　あの日、わたしは博幸の部屋の前であなたたちの会話を聞いて知っていたの。Ｄ５１を見に行く約束はわたしも知っていたのよ！」

「‼」

木村が中腰で下を向いたまま、驚いて目を見開いた。

「……博幸のことを考えれば、外に出していいものなのか、わたしの中にも葛藤があったの。でも、それでも博幸の望みが、この世で一つでも叶うならと思って、敢えてあなたたちを止めなかった……。だから、あなたは何も悪くないの！」

「……そ、そんな」

木村が体を起こし、幸子を見つめた。

「本当ならわたしが博幸を連れて行けばよかったの。そうすれば、あなたに何十年も、こんなに辛い思いをさせずにすんだのに……。だから、謝るのはわたしのほうよ。ごめんなさい、トモちゃん」

そう言って幸子は曲がった腰をさらに折って頭を下げた。

「……でも、でも実際にヒロちゃんを連れ出したのは僕です。僕のせいで、ヒロちゃんが亡くなってしまったのは変えようのない事実なんです」

木村は子どものような顔でそう言った。

「それも違うのよ。博幸の病状はもう、お医者様からも見放されてしまうほど悪くなっていたの。だから絶対に、あなたのせいなんかじゃない。それに博幸は、あなたと一緒にD51を見ることができて、本当に嬉しかったのよ……」

幸子は顔を上げ木村を見つめ、優しく語りかける。

「……ねえ、トモちゃん、これを見てちょうだい……」

そう言って、幸子は斜めがけにしたポーチの中から〈10月4日D51〉と書かれた例の紙切れを取り出した。

「あっ……」

木村は、先日須美子から聞かれた紙だと気づいたようだった。

「博幸はね、D51を見て帰ってきたあと、日記にそのことを書いたの。〔10月4日D51を見た。トモ兄ちゃんが誘ってくれた。川沿いの道をトモ兄ちゃんがこぐ自転車の後ろに乗って走った。遠くから汽笛が聞こえた。黒い煙を吐きながらどんどん近づいてきた。すごい、すごい。トモ兄ちゃんありがとう、また連れて行ってね〕って。でも、もし見つかったら、わたしに叱られると思ったんでしょうね。日記は破って捨ててあったわ。だけどね、博幸はこの切れ端だけは捨てられなかったの……きっと幸せな時間を無かったことにしたくなかったのよ」

幸子は木村に紙片をそっと握らせ、その手を包むように重ねたまま続けた。

「博幸はね、亡くなる瞬間までこの紙を……あなたとの思い出を、大事そうに握っていたわ……。だからね、トモちゃん。あの子はあなたのお陰で、幸せそうな顔で天国に旅立つことができたの……」

「……!!」

木村の目に涙が浮かんだ。

「……トモちゃん。辛い思いをさせてごめんね。そして博幸のために、本当に、本当にありがとう……」

幸子のかけた言葉に、木村は唇をかみしめた。

須美子はそっとその場を離れ、D51に向かった。いつの間に乗ったのか、そこには弘樹と健太の姿があった。二人に翻弄され、ようやく追いついた育代は、「はあ、はあ」と息を切らせながらD51の運転室に向かう階段を上る途中だ。

「弘樹くーん、健太くーん!」

声をかけながら須美子が手を振ると、運転室から身を乗り出すようにして、二人が手を振り返してくれる。

「ねえ、トモちゃん見て! あそこで手を振っている二人が、あの日のあなたと博幸のように見えない?」

木村は、二人の我が子を眩しそうに仰ぎ見た。

12

真夏のように照りつける太陽をものともせず、公園には相変わらず大勢の子どもたちが駆け回っている。須美子は幸子を気遣い、ブランコの前の木陰に腰を下ろした。ここからなら、D51の運転席ではしゃぐ弘樹と健太の姿も見える。

「須美子さん、今日は本当にありがとうございました。——さっきね、弘樹くんと健太くんがあなたに手を振っているのを見て、トモちゃんと博幸がそこにいるみたいに錯覚しちやったわ」

　幸子は、その名のとおり幸せそうに、顔中をシワシワにして笑った。その顔は、いっぺんに十歳くらい若返ったような、明るい笑顔だった。

「わたしもです」

　横から木村も合いの手を入れる。

　須美子は二人を等分に見て微笑んだ。

「それはきっと、あのＤ５１のせいだと思いますよ。あの車輌は、あの日、木村さんと博幸さんが見たＤ５１かもしれないんですから！」

　須美子がそう言うと、二人の顔に、「？」という表情が浮かんだ。

「実はこのＤ５１、昭和四十七年六月まで、羽越本線を走っていた車輌だったんですって。現役を退いたあとここへやって来て、今は子どもたちの遊び場になっていますが、木村さんと博幸さんがあの日見たＤ５１は、本当に、このＤ５１だった可能性があるんですよ！」

「えっ!!」

　嬉しそうに解説する須美子を、ビックリした二人の瞳が見返した。幸子と木村はペンギンが並んでそうするように揃って首をＤ５１に向けた。

「おーい」

運転室から弘樹と健太の声が重なって飛んできた。育代も後ろで手を振っている。

「みんな上がっておいでよー！」

「……よーし、父さんも乗るぞ！　さあ、行きましょう」

木村は幸子の手をそっと取って、一緒にＤ５１の運転室へ続く緩やかな階段を上がった。

須美子も、それに続いた。

六人を乗せた運転室は少々窮屈ではあったが、幸せが満タンに詰まっているようで、全員に笑顔がこぼれていた。

「――ねえ須美ちゃん」

須美子から事の成り行きを聞かされた育代は、窮屈そうに首だけまわして須美子を見た。

「もう一枚の紙はいったいなんだったのかしら」

須美子は「これですね」と言って、ポケットから〈10月4日Ｄ５１〉の紙片を取り出して見せた。

「あっ！」「あっ！」

またもや弘樹と健太の声が重なった。

「それぼくが書いたやつ!!」

健太は右手の人差し指をビシッと伸ばして、須美子の手元を指している。

（……やっぱり、そうだったのね）と須美子が思う一方で、育代は素っ頓狂《すとんきょう》な声で訊いた。

「えぇーっ!!　これ、健太くんが書いたの？」

「そうだよ！　このあいだ、お兄ちゃんが破いて窓から捨てちゃったんだ……」

「弘樹、本当か？　どうして、そんなことしたんだ」

「……だって」

木村に問いただされ言葉に詰まった弘樹に、須美子が助け舟を出した。

「弘樹くんは、お父さんのことを思って、そうしたのよね？」

「えっ？」

須美子の言葉に木村は首を傾げ、弘樹の顔を見た。

「……お父さん、ぼくたちのためにお仕事を変えてくれたから、お給料が少なくなっちゃったでしょう。それなのに健太のやつ、こんな高い物を頼もうとしたから……」

「……！　な、なんて優しい子なの弘樹くん!!　おばちゃん、感激しちゃった……うぅ」

育代はハンカチを取り出して、涙を拭いながら、「……でも、高い物って、なんの話？」と首を傾げた。

「育代さん、これはおそらく『D51』じゃないんですよ」

須美子が笑いながら言った。

「ねえ健太くん。この紙って『10月4日DSほしい』って書いたのよね」

須美子がそう言うと、健太は須美子を見上げ、「うん。お父さんに頼もうと思って書いたんだけど……」と語尾をすぼめた。

「今日は健太くんの誕生日なのよね？」

須美子はそう言うと、健太は「そう！　ぼく、今日で八歳なんだ」と両手の指をそれぞれ四本ずつ立てて言った。

須美子の脳裡に、先日帰り際に木村が言いかけた言葉が蘇った。

『そうそう、それに、十月四日といえばうちの――』

（『健太の誕生日でもあるんです』って言おうとしていらっしゃったのよね）

「あら、そうだったの。健太くん、お誕生日おめでとう」

「おめでとう」

「おめでとう、健太くん」

育代、幸子、須美子の女性三人にお祝いを言われ、健太は照れくさそうだ。

「ねえねえ、ところで須美ちゃん、そのディーエスってなあに？」

育代は不思議そうに言った。幸子も首をひねっている。

須美子は育代と幸子に、持ち運べるゲーム機の名前に「ニンテンドーＤＳ」というものがあるのだと説明した。

「すごい、須美ちゃん、さすが若いわねえ。子どものおもちゃにまで詳しいなんて」

（わたしもこのあいだ、雅人坊っちゃまに聞いたばかりなんですけどね……）と、須美子は心の中で白状した。

「ほら、ちょうどあそこで、やっている子どもたちがいますよ」

須美子が指差すと、先ほど「トモ兄ちゃん」「ユースケ」と駆け回っていた二人が、ベンチに腰掛けて一心不乱に手に持ったゲーム機に向かっている。

「ああ、そういえば、子どもたちが最近、あんなので遊んでいるわね。へえ、あれが、『DS』っていうの。そう言われてみれば、この紙に書かれている文字って、『DS』と読めるわね」

「はい、そして、その続きの『ほしい』の『ほ』の右側だけが破れてしまったために「l」に見えたんですね」

須美子は木村の家でチラッと見えた紙のことを思い出した。あの日「まい」と読めたあれは、弘樹が破った時に落ちた紙片の一部だったのだ。「ほしい」と書かれていた部分の「ほ」の右側の縦棒が上に少し突き抜け、さらに端までよく見えなかったせいで『まい』に見えてしまった。そのせいで須美子は最初、木村の亡くなった妻——弘樹たちの母親の名前が書いてあると思い込んでいた。

「ねえ、お父さん……ダメ？」

父親に甘える健太に、弘樹は「ダメだって言ってるだろう！」と怒鳴った。また、喧嘩が始まりそうな雰囲気だ。

「こらこら、皆さんがいるところで喧嘩するんじゃない」

子どもたちにそう注意したあと、木村は優しい表情を浮かべ、「……健太、誕生日のプレゼントにDSを買ってやるぞ。元々、今日は健太のほしいものを買ってやるつもりだったんだから」と言った。

「本当⁉ やったー‼」

健太はガッツポーズで大喜び。

「……いいの？ お父さん」

弘樹は心配そうな顔で言う。

「ありがとうな弘樹。お父さんのことを心配してくれて、さすがお兄ちゃんだな」

木村は弘樹の頭をぽんぽんと、優しく撫でた。

「でも、大丈夫。お前たちの誕生日は特別なんだ。安心してくれ」

「うん」

弘樹は頭を撫でられ、嬉しそうな、でも少し恥ずかしそうな表情でうなずいた。

「健太、ちゃんとお兄ちゃんにも貸してあげて、仲良く二人で使うんだぞ」

「うん！ お兄ちゃん、一緒に遊ぼうね！」

「おう！」

弘樹は笑顔で答えた。

「よし、じゃあこれから買いに行くか」

木村がそう言うと、兄弟は顔を見合わせて嬉しそうに「うん！」とうなずいたあと、二人揃って大きな声で叫んだ。

「出発進行!!」

13

学会から戻った日下部は、その日の顚末を微笑ましく、そして興味深く、育代と須美子から聞いた。

「なるほど、『探し物をするおばあさん』の都市伝説は、その出雲幸子さんの様子を子どもたちが広めてしまったのですな。確かに無邪気な子どもにとって、見知らぬおばあさんの奇妙な行動は噂話の種にピッタリですが、しかしそんなふうに見られていた出雲さんは、なんだかお気の毒ですな」

日下部の言葉に須美子は、自分も逃げ出したとは言い出せず、慌てて言葉を継いだ。

「え、ええ……。でももう『探し物をするおばあさん』の姿を見ることはなくなるわけですから、その都市伝説も自然に消滅しますよね」

「そうでしょうな。もともとこの手の都市伝説は寿命が短いのが特徴でしてね。大抵の場合、一年もすれば子どもたちの間では別の話が流行っている。……それにしても、育代さんの拾った紙の謎は難しかったですな」

「はい……子どもの字だったから読みづらかったのは確かですけど、もう一枚の『D51』がなければ最初から『DS』って読めていたかもしれませんね」

須美子は自嘲気味に言った。

「わたしには絶対無理よ？　そのDSってゲーム機の名前を知らなかったんだから。それに、その前にD51の都市伝説のことを聞いていたし、『DS』のほうの一枚しかなかったとしても、絶対『D51』にしか見えなかったわ」

「それじゃあ、謎が混迷したのは都市伝説を話したわたしのせいですな。ハハハ」

日下部は、可笑しそうに相づちを打った。

「それにしても、不思議なことがあるものねえ。あの日の突風がなければ、木村さんと幸子さんは、こんなに近くに住んでいても、お互い気がつくことはなかったわけでしょう？」

育代は頬に手を当てて、そう言った。これには須美子も日下部も同意せずにはいられなかった。

「紙を運ぶ風……なるほど、あれは正に幸子さんと木村さんを引き合わせるために吹いた神風だったのかもしれませんな。そのために、わたしは木村さんの電話を聞く役を、育代さんと須美子さんは、あの紙を拾う役を神様から仰せつかった。そしてさらに須美子さんが、神様から授けられた才能で名推理をして、あの二人を引き合わせた。いうなれば、我々二人は、神様からの預かり物を、名探偵・須美子さんへ渡すための役どころだったわけですな」

日下部は腕を組んで、満足げにうなずく。

「あら、じゃあわたしたちは名探偵・須美ちゃんの助手ね。やったー！」

育代の嬉しそうな様子に、日下部も「ワトスン博士とまではいかなくても、商店街・ストリート・イレギュラーズですな」と追随した。

「やめてください。わたしは名探偵なんかじゃないんですから！」

須美子は頬を膨らませて抗議する。

「いいえ、名探偵・須美ちゃんよ」

「ええ、名探偵ですな」

「もう！　お二人といると、いつもこんな話になっちゃうんだから！　わたしは何もしていません。あ、もう帰らないと――」

ニヤニヤと嬉しそうに笑っている二人をおいて、須美子は疾風のように退散した。

第三話　鳥が見る夢

1

小さな手でドアを重そうに引っ張り、小学二年生の倉田美紀《くらたみき》はどんよりした気分で自宅の玄関を開けた。

「ただいま……」

「おかえり、美紀」

『ピー、ピッピッピー』

迎えに出た母親の晴香《はるか》の声と共に、リビングから甲高い音が美紀を迎えた。

「……ママ、なんの音？」

「ふふふ、何かしらね」

晴香の笑顔に首を傾げた後、急いで美紀は靴を脱ぎリビングへ駆け込んだ。

「あっ！　トリさんだー!!」

テーブルの上に乗った白い鳥かごの中から、黄色い顔をした鳥が美紀を見つめていた。

先ほどまで曇っていた美紀の顔が、ぱあっと輝いた。

「ママ、このトリさんどうしたの？」

「今日から美紀の家族になるのよ」

「えっ、このトリさん、美紀の家で飼うの？」

「そうよ。かわいがって、仲良くしてあげようね」

「うん！　ねえトリさん、わたしは美紀って言うの、よろしくね！」

ランドセルを背負ったまま嬉しそうに話しかける美紀を見て、晴香は心の中で（良かった――）と呟いた。

「ねえママ、このコなんていうトリさん？」

「オカメインコっていう種類のトリさんだけど、まだ名前が決まっていないのよ。美紀、考えてあげてくれる？」

「はーい！……うーん、何がいいかなあ……ピーピー鳴くからピーちゃんかなあ、それともほっぺが赤いからイチゴちゃんかなあ。ねえママ、トリさんは恥ずかしいからほっぺが赤いの？」

「ふふ、恥ずかしいからじゃなくて、こういう模様だから、いつもほっぺが赤いのよ。――あら？　よく見ると左のほっぺは涙みたいな形ね……」

「なみだ……？」

「ほら、こっちから見て。ね、ほっぺの赤い丸、左側は涙の雫みたいな形をしているでしょう？」

「ホントだ！　かわいいねえ！」

「ふふ、そうね、かわいい模様ね」

「うん！……あ、ママ、トリさんの名前、シズクちゃんっていうのはどうかな」

「あらいいわね、シズクちゃん、かわいい名前じゃない！」

『ピー、ピッピッピー』

シズクと呼ばれた鳥は、嬉しそうに羽を広げて囀《さえず》った。

「よかったわね美紀、シズクちゃんも気に入ったみたいよ」

「うん。シズクちゃん、これからよろしくね！」

シズクがやって来たこの日は、美紀の大親友、木下《きのした》沙織《さおり》が遠くの病院に入院して、ちょうど三か月目の日でもあった。難しい病気らしく、遠くの大きな病院に入院して治療しなければならないのだそうだ。

美紀が最後に沙織に会ったのは、夏休み直前の日曜日だった。

「しばらくお別れだね、美紀ちゃん」と、沙織は美紀の手をとって、そっと握った。

「沙織ちゃん……」

美紀は「頑張ってね」と言おうとしたが、のどの奥に何かひっかかったように、言葉が出てこなかった。

沙織の目には涙が浮かんでいた。

美紀は急に鼻の奥がツンとして泣きそうになったけれど、自分の両頬を両手でギュッと引っ張って笑顔を作り、慌てて言葉を探した。

「すぐ帰ってくるよね？　帰ってきたらプール行こうね。一緒に夏休みの宿題やろうね。待ってるね」

まくし立てるような早口で、沙織が何か言おうと口を開きかけるのを封じ込めて、「じゃあ、またね！」と、美紀は背中を向けて走りだした。そうしないと、今にも涙のダムが決壊しそうだった――。

その日から美紀はあまり笑わなくなった。大好きなお笑いタレントがテレビに出ても、父の雅和《まさかず》がお風呂上がりにポッチャリしたお腹を突き出して一発ギャグを披露しても、晴香がウッカリ美紀と雅和のご飯茶碗を間違えて差し出しても、無反応だった。一人娘の美紀から笑顔が消えた倉田家は、火が消えたようにしんと静まりかえった。

雅和と晴香夫妻は、夏休みに旅行を計画したり、日曜は家族で公園へ出掛けたりと、あの手この手で美紀の気分転換を試みたが、どれも、さして効果は上がらなかった。入院した沙織が戻らないまま二学期が始まり、九月が過ぎ、十月も半ばに差しかかろうとしても、依然として美紀に本来の笑顔は戻らない。

どうしたらいいのかしら――と、悩んでいたある日、買い物帰りの晴香の目に、一軒の店の看板が飛び込んできた。「ハッピーフレンズ」という可愛らしい看板を掲げたその店は、近所では評判のペットショップだ。

美紀のためにペットを飼うことについて、ずいぶん前に雅和と話し合ったことはあった。だが、二人とも、幼い頃から一度も動物を飼ったことがなかったため、不安が先に立ち、結局その選択肢は保留のままになっていた。

しばらく店の前で逡巡したが、晴香は意を決して店内に入った。

「ハッピーフレンズ」は、この辺りでは一番大きなペットショップで、色々な種類の犬や猫を始め、鳥、ハムスターなどがそれぞれ部屋ごとに分けられて、ガラスのショーケースや鳥かごに入って並んでいた。

動物たちの入り交じったにおいや様々な鳴き声に圧倒され、（やっぱり一人で来るんじゃなかったな——）と晴香が後悔し始めたとき、後ろから、「お好きな動物はなんですか？」と声をかけられた。振り返ると、看板とお揃いの色の可愛らしいエプロンをした四十歳くらいの男性が立っていた。晴香は男の顔を見て、何かに似ているなと感じた。その時ふと、男の胸元の名札に「店長・亀山《かめやま》」と書かれているのが目に入った。晴香は思わず、

「あっ、カメだわ……」と口走ってしまった。

「ははは、よく言われるんですよ。亀に似ているって」

「あ、す、すみません！　わたしったら、失礼なことを！」と、晴香は慌てて頭を下げた。

「いいえ、いいんです。ペットショップの人間としては、犬でも猫でも亀でも、動物に似て

いると言ってもらえるのはむしろ褒め言葉ですから」

頭の後ろをかきながら、亀山は本当に嬉しそうにそう言った。それがきっかけとなり、緊張が解けた晴香は亀山に事情を説明して、何を飼えばいいか相談することができた。

晴香の話を「なるほど、なるほど。お嬢さんがねえ……」と聞いていた亀山は、「ではオカメインコはいかがでしょうか」と言った。

「オカメインコは世話はそれほど難しくなく、親身に世話をして話しかければ喋るようにもなるし、女の子ならきっと喜びますよ」

口角をキュッと持ち上げて笑った亀山を見て、晴香は亀が笑ったらこんな顔かしらと思いながら、「夫と相談してみます。ありがとうございました」と言って店をあとにした。

晴香はその夜、さっそく雅和に相談し、翌日再び「ハッピーフレンズ」を訪れた。

「いらっしゃいませ」という亀山の言葉を遮るような勢いで、晴香は「一番かわいいオカメインコをください！」と言った。


オカメインコのシズクがやって来た夜、美紀は、雅和と晴香が予想した以上に嬉しい反応を示した。

「シズクちゃん、シズクちゃん、この人はパパですよ！」

晴香に手伝ってもらい美紀は玄関先へ鳥かごを運んだ。そして、会社から帰ってきた雅和に「おかえりなさい」を言うより先に、鳥かごの中のシズクにそう教えた。

雅和は「はじめまして、シズクちゃんっていうのかい。よろしくね」と苦笑する。

晴香にカバンを預け、雅和は鳥かごを持って美紀と一緒にリビングへ向かう。

「シズクちゃん、かわいいでしょう！」

何度も自慢げにいう美紀の顔は、雅和が久しぶりに見る天使の微笑みだった。

その日、とにかく大はしゃぎだった美紀は、いつの間にか鳥かごの横で眠ってしまっていた。雅和は美紀をそっと抱き上げ二階へ向かう。

「おっと」

リビングを出る際、雅和が何かにつまずいたようによろけた。

「大丈夫？」

美紀を落っことさないか心配して、後ろで見ていた晴香が慌てて駆け寄る。

「ああ大丈夫、大丈夫。そこの段差に引っかかっただけだから」

そう言って、顎の先で足を引っかけた箇所を指し示すが、バリアフリーの床に段差などないことを二人とも承知していて、顔を見合わせて笑う。美紀だけでなく、二人が心から笑うのも久しぶりのことだった。

雅和は慎重に美紀をベッドへ運んだあと、リビングに戻り晴香と並んでどさりとソファーに腰を下ろした。

「美紀、この鳥がよほど気に入ったみたいだね」

窮屈そうに太めの脚を組み、鳥かごの中の黄色い小鳥を眺めながら雅和は言った。

「帰ってきてから、ずっとあのテンションだったのよ。あんなに喜ぶなんて、びっくりしちゃった」

「こんなことなら、もっと早くペットを飼う決心をすれば良かったな。この三か月、美紀らしい笑顔が見られなくて、本当に辛かった……」

「ええ……」

しばらく雅和と二人、美紀の笑顔が戻った幸せを語り合ったあと、晴香は「ハッピーフレンズ」の亀山に教わったとおり、シズクの鳥かごにそっとカバーを掛けた。

「シズクちゃんもお休みなさい」

2

「いらっしゃいませ、あら須美ちゃん！　久しぶりね」

吉田須美子が花春のドアを開けると、店の奥から小松原育代の元気な声が飛んできた。

「このあいだは、一緒に飛鳥山に行けて本当に楽しかったわ。ありがとうね」

「こちらこそ、ありがとうございました。育代さんが遊んでくれたおかげで、弘樹くんと健太くんもとっても楽しそうでしたし、助かりました」

「ううん、どっちかというと遊んでもらったのはわたしのほうだったと思うわよ」と言って育代は笑ったあと、「ズバリ今日は大奥様の生け花用のお花でしょう！」と須美子に指を突きつけた。

「ええ、そのとおりです……よく分かりましたね」

「ふふふ、わたし、名探偵・須美ちゃんの助手になれるかしら？」

「……育代さん。わたしは名探偵じゃありませんから！」

須美子は困惑の表情でそう言ったあと、「あっ！　もしかして、これで気づいたんですか？」と、手にしていたメモをヒラヒラと振った。

「あら、ばれちゃった」

育代は小さく肩をすくめてみせてから、「さっき他の華道教室の先生からも連絡があって、そのメモに書いてあるお花を届けたばかりなのよ」と続けた。

「なるほど、そうでしたか」

須美子はそう言って、メモを差し出した。育代は念のためメモを確認し、手早く必要な花をまとめる。

「――さあ、できましたよ。いつもありがとうね須美ちゃん。大奥様にもよろしく伝えてちょうだいね」

「はい」

須美子が代金を支払って花を受け取ったとき、店のドアが勢いよく開いて、「育代おばさん、こんにちはー！」という元気な声が飛び込んできた。

「いらっしゃい、健太くん」

「あ、須美子姉ちゃんだ、こんにちは！」

「こんにちは健太くん。いま、学校帰りなの？」

ランドセルを背負ったままの木村健太の姿を見て、須美子はそう判断した。

「はい！」

「寄り道してて大丈夫？　お父さんが心配するんじゃない？」と須美子が言うと、「あ、須美ちゃん、それは言わないで。健太くんにはわたしがお願いして、たまに学校帰りに寄ってもらってるの。木村さんも知ってるわ」と、健太が口を開く前に、育代が早口で説明した。

「そうだったんですか」

健太の通う北区立滝野川小学校は、霜降銀座商店街を出はずれ、本郷通りを五百メートルほど北上した、旧古河庭園の向かい側にある。学校帰りに直接ここへ寄るには、自宅への曲がり角を通り過ぎて来ていることになる。

「子どももいないし、夫が亡くなってからずっと一人暮らしだから、健太くんが遊びに来てくれると嬉しいのよ」と言ったあと、育代は須美子の耳元に口を寄せる。「木村さんにそう話したら、『うちのほうこそ母親がいないので、相手をしてくれると助かります』って言ってくれてね。ただねえ、わたしはお母さんの代わりっていうより、おばあちゃん代わりくらいの年なんだけど……」と、最後は苦笑した。

「健太くん。今日は学校でどんなことがあったの？」

育代の問いに、健太はしばらく視線を宙に泳がせた。

「うーんと今日はねえ……あ、クラスの美紀ちゃんっていう子がね、シズクちゃんっていう鳥を飼い始めたんだって。ぼくもペット飼いたいんだけど、あのアパートはダメなんだって……」

「そっかあ」

須美子は先日お邪魔した健太の家を思い浮かべた。

「鳥かあ……」

育代はどこか懐かしむような口調だ。

「お家で飼える鳥っていうと、セキセイインコかしら？」

須美子は健太に訊ねた。

「えーと……ナントカインコって言ってたけど……セキセイインコじゃなかったよ」

「あら！　じゃあそれ、オカメインコなんじゃない？」

いつものんびりしている育代には珍しく、健太の言葉に間髪を容れずに反応した。

「あ、それそれ、オカメインコ！」

健太の返答に、育代は親指と人差し指で円を作って自分の頬に当てた。「こんなふうにまあるい模様がある鳥ね。セキセイインコよりちょっと大きいのよね」

「うん！　美紀ちゃん、鳥のほっぺに模様があるって言ってた。だからシズクちゃんって名前なんだって」

「？」

育代は曖昧な微笑みを浮かべて首をひねった。すると須美子が「あ、分かった。ほっぺの模様が丸じゃなくて、雫の形をしているんでしょう？」と言った。

「そう！　さすが須美子姉ちゃん！　美紀ちゃんちの鳥、ほっぺの模様が涙の雫なんだってさ」

「なるほど、それでシズクちゃんね！」

育代は判子を押すように右手で左の手のひらをポンと打った。

「でも、自分で言っておいてなんですけど……」と須美子は首を傾げながら頬に人差し指を当て、「オカメインコの頬の模様って、そんな色々な形をしているものなんですか？わたしは赤い丸がついているのしか見たことがありませんけど」と言った。

「たまーにいるらしいわよ、変わった模様のコもね。同じオカメインコでも、確か十種類くらいいて、頰の模様のないコもいたんじゃなかったかしら。頭の色や体の色がまさに色々なのよね」

「へえ、育代さん、詳しいですね」

育代は、オホンと咳払いをして、胸を張った。

「実はね、わたしがこの家に嫁いできたあと、ここでオカメインコを飼っていたことがあるの。名前はピピタロウっていうんだけど、仲良くなりたいと思って、オカメインコのこと勉強したのよ」

「へえ、そうだったんですか」

「すごーい、育代おばさん」

「ありがとう健太くん。あ、そうそう、オカメインコはインコっていう名前だけど、頭にトサカのような羽があるから実はオウムの仲間なのよ」

「え？　インコなのにオウムなの？」

健太がきょとんとした顔で育代に訊ねた。

「そうなの。わたしもそのことを知ったとき、変なのって思ったわ」

「へえ、それじゃあ、セキセイインコよりかなり大きめの鳥なんですか？」

須美子が育代に訊ねると、健太が「美紀ちゃんは、これくらいって言ってたよ？」と、両手を目の前で自分の体の幅より少し大きめに広げた。

「そうそう、確かに成鳥になると見た目の大きさは三十センチくらいあるわね。でも、体の半分くらいは尾羽だから、大きく見えるけど、オウムの中では一番小さいんじゃなかったかしら」

「育代さん、本当に詳しいんですね」

須美子は感心して、育代の顔をマジマジと見た。

須美子の尊敬の眼差しを受け、育代は得意げな顔で両手を腰に当て、エッヘンという声が聞こえそうなポーズで続けた。

「それで健太くん、お友だちの美紀ちゃんは、何色の鳥だって言ってた？」

「ええとね……確か体は黄色で、ほっぺが……赤！　すっごいかわいいんだって」

「へえ、黄色いオカメインコかぁ。うちのピピタロウは、頭は黄色なんだけど、体は灰色だったわね」

育代は懐かしそうに、花春の玄関脇の棚に視線を走らせた。きっとそこに鳥かごが置かれていたのだろう。

「オウムの仲間ってことは、オカメインコって喋るんですか？」

須美子は育代に訊ねた。

「ええ、そうよ。オスのほうが比較的お喋りが得意だって言われているらしいけれど、やっぱり個体差があって、メスでもすごくお喋りなコもいるのよね。ちなみにウチのコはオスだったのに、どんなに一生懸命教えても『イラッシャイマセ』しか喋れるようにならなかったわ……」

育代が腰に当てていた手を下ろし、肩を落とす。

「えー、いいじゃん、『イラッシャイマセ』だけだって。お客さん喜ぶよ」

健太がそう言うと、須美子も「そうですよ。きっとピピタロウくんは花春の宣伝部長だったんですよ」と同意した。

「でも、イラッシャイマセだけじゃ、ちっとも宣伝にはならないわよ。できれば、『お花のご用命は花春、霜降銀座商店街の花春へ〜』って言いながら飛び回ってくれれば良かったんだけど」

そう言って育代が鳥のように両手をパタパタさせる姿を見て、須美子と健太は大笑いした。

「——こんにちは」

そのとき、花春の古い木製のドアが開き、女性が顔を覗かせた。

「あ、いらっしゃいませ」

育代が羽ばたいていた手を慌てて下ろし、須美子と健太も笑い声を抑えて、入ってきた新しい客を振り返った。

「あっ！　美紀ちゃんのお母さん！」

「あら、健太くん」

いま、話していたばかりのオカメインコの飼い主・美紀の母親の晴香がそこにいた。須美子と育代は初対面だが、健太は先日、家族で買い物をしているとき、美紀と晴香に会って、互いに顔を見知っていたのだそうだ。

「こんにちは！」

「こんにちは。お兄ちゃんとお父さんはお元気？」

「うん！」

「そう、これからも美紀と仲良くしてね」

「うん、もちろんだよ、友だちだもん！　あ、友だちで思い出した。今日、海斗《かいと》くんたちと公園でサッカーする約束してたんだった。じゃあね、須美子姉ちゃん、育代おばさん。また来るね！　美紀ちゃんのお母さんもバイバイ！」

「車に気をつけるのよ！」

育代の声に健太はチラッと振り向くと笑顔でこくりとうなずき、入口のドアをすり抜けて、店の外に飛び出していった。

「男の子は元気があっていいですね」と言いながら健太の姿を見送ったあと、晴香は「ええと、娘の誕生日に飾る、三千円くらいの小さなアレンジを予約したいんですけど」とお客としての会話を始めた。

「はい。ありがとうございます。美紀ちゃん、お誕生日なんですか。健太くんと同級生ということは……八歳ですね、おめでとうございます」

「はい、ありがとうございます。美紀のこと、健太くん何か言ってました？」

「はい。美紀ちゃんが、オカメインコのシズクちゃんを飼い始めたって。健太くんアパート住まいだから、羨ましそうでしたよ」

「まあ、そうでしたか。ウチは動物を飼うのは初めてなもので、散々迷ったんですけど、思い切って飼うことにして良かったです」

「美紀ちゃん大喜びでしょうね」

「ええ。とっても」

幸せそうに晴香は目を細める。

「じゃあ、シズクちゃんの色に合わせて、黄色とか赤のお花でまとめましょうか」

「わあ、素敵！　それでお願いします。今度の日曜日のお昼前頃に、いただきに伺ってもよろしいですか？」

「はい。ご用意してお待ちしております。えーと、美紀ちゃんのお母さん、お名前は……」

「倉田と申します」

「倉田様ですね、承りました」

「では、よろしくお願いします」

育代の「ありがとうございました」という元気な声に送られて、晴香は花春のドアを出て行った。

「あ、いけない！　わたしも帰らなくちゃ！　大奥様がお花をお待ちだわ」

須美子も慌てて晴香のあとに続き、さらにその後ろを、育代の「ありがとうございました、またどうぞー」という元気な声が追いかけてきた。

3

シズクを飼い始めて一週間、美紀は毎日が楽しくて仕方なかった。幸いにもシズクはすぐに倉田家の環境に慣れ、餌もよく食べた。鳥かごは、シズクがここへ来た翌日から、リビングの角にある木製のお洒落な台の上が定位置になった。今まで大きめの花瓶を置いていた少し背の高い椅子のような猫足の台で、ちょうど美紀の目の高さに鳥かごがくる。

おはようから始まり、いってきます、ただいま、おやすみの挨拶はもちろん、学校であったことや夕食に大好きなおかずが出て美味しかったことなど、美紀はまるで親友か姉妹のようになんでもシズクに話して聞かせる。するとシズクは、小さな目で美紀をじっと見つめながら、首を傾げたり、時にはまるで相づちを打つように『ピピッ』と鳴いて応えてくれるのだ。

親友の沙織と会えなくなってから氷のように冷え切っていた美紀の心は、あっという間に暖かい日だまりに満たされていった。とくに、昨日の日曜日は、美紀の誕生日会に集まってくれたお友だちから、「本当にかわいい！」「羨ましいなあ」と口々に言われ、美紀は得意満面。シズクを褒められることは、美紀にとって何よりの誕生日プレゼントだった。

今日も授業が終わったあと、美紀は隣の席の佐山凜《さやまりん》から「シズクちゃんによろしくね！」と言われ、弾むような足取りで帰路についた。

家までもう少しのところで、美紀は交差点を挟んだ道路のむこう側に、ぼんやりと佇む母親の姿を見つけ、力いっぱい両手を振った。

「あっ、ママだ！　ママー！　マーマー！」

わが子のあまりの大声に、晴香も反射的に大きな声を出してしまったあと、ハッとして周りを見回した。近くにいた若い女性が、晴香と美紀を射るような視線でじっと見つめている。黒いスーツに身を包み、黒いキャリーケースを手にした女性の瞳は、闇のように暗い色をしている。

「美紀！」

晴香は、その女性に小さく頭を下げて、美紀に向かって口に人差し指を当てて見せた。

美紀は晴香の合図を見て、大きくうなずいたあと、両手で口を覆い、信号が変わるのを足踏みして待った。やがて信号が青に変わると、美紀は晴香に教えられたとおり、車が停止線で止まったことを確認してから、まるでハムスターのようにタタッと駆けてきた。

「……ママー……」

美紀は大きく口を開けながらも声は小さくして、母親の腰の辺りに体当たりで抱きつき、嬉しそうに見上げた。

「……おかえり、美紀」

晴香は、美紀の頭を撫でながら通行の邪魔にならないようくっついた美紀ごと歩道の脇へ避けた。

「シズクちゃん本当にかわいかったって、今日もみんなに言われたよ！　あとねあとね」

美紀は興奮ぎみに話しながら、晴香を見上げて無邪気に笑う。最前の女性は、そんな二人の姿を一瞥してから、黒いキャリーケースを転がして、ゆっくりと信号を渡っていった。

「それからね、ママのお料理が美味しかったって！」

「あら、それは嬉しいわ。お誕生日会に来てくれたみんな、喜んでくれてた？」

「うん！　サンドイッチとね、唐揚げとね、チーズの乗ったビスケットとね、ケーキもとっても美味しかったって！　あ、お花も綺麗だったって言ってたよ」

「そう。良かったわね」

「そうだ！　みんながかわいいって言ってくれたこと、早く帰ってシズクちゃんにも教えてあげなきゃ!!」

「あ、美紀。シズクちゃんなんだけどね……今日は健康診断でペットショップにお泊まりなの。それで……」

晴香が「今、ペットショップへ連れていったところだったのよ」と続けようとしたのを、美紀の愛らしい不満の声が遮った。

「えーっ⁉ シズクちゃん、今日いないのぉ？ シズクちゃんに見せてあげようと思って、美紀、休み時間に絵も描いたのにぃ……」

「残念だけど今日は我慢しようね。でも大丈夫よ、ただの健康診断だから、元気だって分かればすぐに帰ってくるわ。そうしたら美紀の絵、見せてあげようね？」

「うん……」

口をとがらせて美紀が渋々うなずく。

「ねえ美紀、今日の晩ご飯は何が食べたい？ 美紀の好きな物を作ってあげるわよ」

「……じゃあ、ハンバーグ」

「分かったわ。じゃあ商店街に寄ってお肉屋さんで挽肉を買って帰りましょう」

「うん……ねえママ、ケンコーシンダンって何するの？ 注射もする？」

美紀は心配そうな顔で晴香を見上げた。

「たぶん、注射はしないと思うわよ」

「……怖くない？」

「そんなに心配しなくても大丈夫。美紀だって赤ちゃんの時は、病院に健康診断に行っていたのよ。それにほら、今でも一年に一度は、学校にお医者さんが来て、心臓の音を聞いたりするでしょう？　シズクちゃんはうちに来て一週間経ったから、健康かどうかお医者さんに見てもらわないとね」

「……ふーん。でも、どうしてもお泊まりしなきゃダメなの？」

「人間と違って、トリさんは体が小さいでしょ、だからお医者さんも健康診断するのに時間がかかって大変なんだと思うのよ」

「明日には帰ってくる？」

「……そうね、明日か……明後日くらいかな」

「…………」

美紀は、落胆を体全体で表現して、晴香の後ろをとぼとぼと俯いて歩いた。

その夜、シズクのために描いた絵をテーブルの上に置き、鳥かごのない台を見つめてじっと動かない美紀の姿は、それこそ「ガッカリ」をテーマにした一枚の絵画のようであった。

4

「育代おばさん！　聞いて！　美紀ちゃんちのシズクちゃん、ケンコーシンダンだって
ー」

健太は花春に飛び込むなり、大ニュースとばかりに大きなジェスチャーを交えて言った。

「いらっしゃい、健太くん。『ミキちゃんとシズカちゃんが結婚した』ってなんのこと？」

「違うよ！　このあいだ話したでしょ？　美紀ちゃんちの、オカメインコの、シズクちゃんが、昨日、ケン・コー・シン・ダン、したんだって」

首を傾げる育代に、健太は一言一言区切るように言い、右足で床をリズム良く踏んだ。

「ああ、オカメインコのシズクちゃんね。へえ、最近は鳥も健康診断を受けるのねえ」

育代が感心した表情でうなずくのを見て、健太は満足そうな顔で「うん、そうなんだって！」と言った。

「こんにちはー」

入口のドアが開いた。

「あ、須美子姉ちゃん、聞いて聞いて！　美紀ちゃんちのシズクちゃん、昨日、ケンコーシンダンで、ペットショップにお泊まりだったんだって」

「へえ！　鳥にも健康診断があるの？」

須美子も育代と同じように驚き、感心した。健太はまたしても得意そうに「そうなんだよ」と言った。

「そうなの……あ、昨日、キャリーケースを転がしながら鳥かごを持った女性を見かけたけど、そういえば、あっちはペットショップの方向だったわね。今はペットホテルも一緒にやっているくらいだから、ペットの健康診断も普通なのかもしれないわ」と須美子は健太に言ったあと、「育代さんはご存じでした？」と訊ねた。

「ううん、うちで飼っていたピピタロウは、健康診断どころか、一度も病気も怪我もしたことがなかったから、動物病院にさえ連れて行ったことがなかったわよ」

「健康優良鳥《けんこうゆうりょうどり》だったんですね」とうなずく須美子に、育代は「あ、須美ちゃん今、『飼い主に似て体が丈夫だったのね』って思ったでしょう」と言った。

「え？　そ、そんなこと……あ、もう、育代さんたら」

慌てて手を振り否定した須美子は、育代がニヤニヤしているのを見て、途中で自分がからかわれていることに気づいた。

「ふふふ、ごめんね。でも昔は、そもそも動物病院自体が、今ほど一般的じゃなかったから、犬や猫だってこんなに頻繁に病院に連れて行ったりしなかったんじゃないかしら」

「ああ、そうかもしれませんね」

須美子も同意した。須美子が物心ついたころからペットブームという言葉はあったが、最近ほどペットが溺愛されていなかった気がする。いまではペットというよりも家族という認識の人が増え、一家の主が愛犬より格下だなんて笑えないジョークも耳にする。そういえば犬や猫の医療保険もあるらしい。浅見家では須美子が来てからは一度もペットを飼ったことはなかったが、光彦が子どもの頃は「タロウ」という犬を飼っていたと、以前、話に聞いたことがあった。

「――それにしても、鳥が健康診断を受ける日が来るとはねえ。でも、お泊まりってことは、一泊二日の人間ドックならぬバードドックってところかしらね」

育代は腕組みをしてからそう言った。

「え、何それ？　ドッグって犬？」

育代と須美子のやりとりに耳を傾けていた健太が、不思議そうに訊ねた。

「アハハハ、健太くん、ドッグじゃなくて、ドックよ。つまりね、えーと……あら、ドックって何かしら。知ってる、須美ちゃん？」

「たぶん、造船所なんかを指すドックと同じじゃないでしょうか。点検をするっていう意味では、人間ドックも船のドックに通じる所がありますし」

「あらそうね！　さすが須美ちゃん」

「じゃあバードドックは鳥の点検ってことだね」と、健太は腕を組み、納得したと言わんばかりの大人びた表情で二度三度うなずいた。

「そういうことね。でも、健太くんすごいわ。ドッグにバードって、二年生なのに英語が分かるの？」

「えー、これくらい当たり前だよ。d・o・gでドッグ、b・i・r・dでバード」

「えっ、バードってそうやって書くの、しかも健太くん、外国の人みたいな発音だし……どうしましょう、わたし、今の小学校だったら入学できなかったかも……」

そう言って深くため息をついた育代を、「大丈夫だよ、育代おばさん。今から小学校に入学しないでしょう」と、健太は大真面目に慰めた。


「ただいま」

『ピピッ』

「あー！　シズクちゃん帰ってきたんだ！」

美紀はそう言って、リビングに駆け込んだ。

「おかえりなさい。あっ、美紀、ちゃんと靴を揃えなさいっていつも言ってるでしょ？帰ってきたらすぐに手洗いとうがいをして、ランドセルはお部屋に置いてきなさい」

晴香は、嬉しそうな美紀に頬を緩ませながらも、いつもどおりの注意を口にした。

「はーい」

美紀は元気に答え、洗面所で手洗いとうがいをして、二階の自分の部屋へランドセルを置きに行った。

あらためて鳥かごの前に戻って来ると、「シズクちゃん、おかえり」と、相変わらず泣いているような模様の左頰を見ながら話しかけた。

「痛いことされなかった？　お泊まり怖くなかった？　美紀はねえ、昨日はシズクちゃんがいなくてとっても淋しかったんだよ」

『ミキ』

「？」

美紀は一瞬、どこからその声が聞こえたのか分からずキョロキョロと部屋を見回したあと、目の前のシズクをじっと見つめて口をあんぐりと大きく開けた。

「マ、ママー！」

美紀は大きな声で呼びながら晴香を探し、キッチンにその姿を見つけると「シズクちゃんが！」と駆け寄った。

「えっ？」

美紀の深刻そうな大声に驚き、晴香は冷蔵庫から出そうとしていた卵を取り落としそうになった。

「あのねあのね、シズクちゃんが喋った！」

晴香の足元まで来て服の裾や袖を何度も引っ張って「来て！　来て！」と晴香を呼ぶ。美紀は今にも爆発しそうなほど真っ赤な顔で興奮している。

「本当？　美紀の聞き間違いじゃないの？」

「間違いじゃなーいー！　ちゃんと『ミキ』って呼んでくれたの！」

「えっ⁉」

怒ったような顔で言う美紀の言葉に、晴香は驚いた。

「ねえねえ、ママ！　シズクちゃん、すごいよね！」

「そうねえ、ママが『美紀』って呼んでるのを聞いて、覚えたのかもしれないわね」

「そっか！　きっとそうだよ！」

美紀はそう言って目をきらきらさせながら、ダイニングテーブルの周りをスキップし、「喋った、喋った、シズクちゃんが喋った、すごいね、すごいよ、シズクちゃん♪」と、ヘンテコな節をつけて歌った。

5

十月も下旬にさしかかり、朝晩はかなり涼しい日が多くなった。美紀は玄関を出て、郵便受けから新聞をすばやく抜き取り、ついでに青い空に向かって「ハー」っと息が白くならないか試してみてから、大急ぎで家に戻った。新聞はダイニングのパパの席に置いて、そのままパパの椅子を抱えて鳥かごへと向かう。

「おはよう、シズクちゃん」

美紀は椅子に乗って小さな声でそう言ってから、鳥かごのカバーのてっぺんをつまみ、突然の物音や光にシズクが驚かないようそーっと持ち上げた。

小さな目をパチパチさせて、シズクは『ピッ』と小さく鳴いた。

「お、は、よ、シズクちゃん」

昨日のように、シズクが何か喋るかと期待して、美紀はニッコリ笑って鳥かごに顔を近づけた。

『ピッピピッピー』

シズクは、首を傾げるような仕種で、美紀の挨拶に応えた。

「うーん、やっぱりまだ、そんなにお喋りはできないのかなあ?」

そう言って美紀もシズクを真似て首を傾げた。

シズクは昨日、『ミキ』と言ったあとは夜まで一言も人間の言葉は喋らなかった。パパやママにも聞かせたかったとちょっとガッカリした美紀だったが、晴香から「そのうち、色々と覚えてお喋りするようになるから、ゆっくり待ってあげましょうね」と言われ、楽しみに待つことにしたのだ。

『ピピッ』

再びシズクが鳴き、伸びをするように羽を広げた。

「朝の体操かな。シズクちゃん、昨日はよく眠れましたか？」

美紀は大人びた口調でそう話しかけた。一人っ子の美紀にとって、シズクは自分より体が小さく、自分が面倒を見る初めての家族だった。晴香が特に何か教えたわけではなかったが、美紀はいつの間にか、この小さな命を守り育てるのは自分の役目だと感じているようだった。もしかすると美紀は、親友か姉妹ではなく、シズクの「ママ」にでもなった気分でいるのかもしれない。

「お水とご飯の準備をするから、ちょっと待っててね」

シズクがやって来たのが十日前。その日から、美紀は進んでシズクの世話をした。最初は母親の晴香と一緒にやっていたのだが、三日もすると一人でなんでもできるようになった。朝と晩、お水を新しくし、ご飯のカラを吹き捨てて新しく足し、トイレ用に敷いた古新聞を取り替え、鳥かごの掃除をする。雅和や晴香より先に起きると、すぐに鳥かごからカバーをはずし、夜は自分が晩ご飯を食べ終わったらカバーを掛ける——。この一連の流れが、いつの間にか美紀の習慣となっていた。

『アメフル』

それは突然のことだった。容器をきれいに洗って、新しい水を満たして帰ってくると、またしてもシズクが喋った。

「マ、ママー!! シズクちゃんが、また喋った!」

大きな声を聞き、ちょうど階段を降りてくる途中だった晴香は、ビックリして足を止めた。

「あ、ママ!」

階段を覗き込んだ美紀と目があった晴香は、「おはよう美紀、どうしたの、大きな声を出して」と言いながら、一番下まで降りた。

「あ、おはよう、ママ。あのね、シズクちゃんがね、また喋ったの!」

「あら、そうなの。また『ミキ』って言ってくれたのね」

「ううん。今度は『アメフル』って」

「……えっ? アメフル?」

晴香は一瞬、意味が分からず眉間に小さなしわを寄せた。

「ねえ、ねえ。また、ママが言ったのを覚えたの?」

「えっ……あ、うん、そうね。言ったかもしれないわね。『雨が降る』って」

「『アメガフル』じゃなくて『アメフル』だよ」

美紀は「ガ」の音を強調して言った。

「ああ、そうなの……」

「美紀、今日、学校に傘を持っていく！」

「えっ？　今日の天気予報は晴れじゃなかった？」

そう言いながら晴香はリビングに入り、カーテンを開けて空を見上げた。見渡す限り高く清々しい青空が広がっている。

「いいの。持って行くの！」

「こんないいお天気の日に傘なんて持っていったら、学校でお友だちに笑われるわよ」

晴香が止めるのも聞かず、美紀はその日、お気に入りの水色の傘を持って元気に登校した。


その日の昼下がり、天気予報に反して空は一天にわかにかき曇り、ゴウと音を立てて雨は突然に降り出した。

「あ、雨！」

教室の清掃をしていた美紀は、窓の外を見て思わず大きな声を出した。その声につられて、そこにいた全員が一斉に窓の外を見た。散り散りに校庭を掃除していた上級生たちが、一斉に昇降口を目指して駆け出した。

「雨だ!!」、「えー、今日、テレビで晴れって言ってたよ」、「オレ、傘持ってなーい！」、「わたしもー」など、みんなが思い思いの恨み言を口にする中、凛が「あ、そういえば美紀ちゃんは傘持って来てたよね」と羨ましそうな声をあげた。

「え、美紀ちゃん、傘持って来たの?」

「すごーい! なんでなんで?」

凛の声を聞きつけ、美紀の周りにみんなが集まってくる。どうやら傘を持ってきていたのは、クラスで美紀一人だけだったようだ。

「シズクちゃんがね、朝、教えてくれたの」

みんなに囲まれて、美紀は恥ずかしそうに、でも少し得意げにそう言った。

「シズクちゃんって? 美紀ちゃんの妹?」

膝に絆創膏を貼った山瀬大介《やませだいすけ》がそう言うと、「違うよ! シズクちゃんはね、美紀ちゃんちにいる鳥だよ! ね、美紀ちゃん!」と、凛が美紀より先に答えた。他にも誕生日会に参加した女の子たちが訳知り顔でうなずいている。美紀と席の近い男子数名も知っていた。

「うん、シズクちゃんはね、ウチで飼ってるトリさんなの。オカメインコっていう種類でね、ちょっとだけど、お喋りもできるんだよ」

「本当?」

「うん。今日の朝、シズクちゃんが『アメフル』って言ったの。だから傘を持ってきたんだ」

「ええー！　すごーい！」

「他に何か喋るの？」

「昨日はね、わたしのこと『ミキ』って呼んでくれたよ」

「へえ！」

みんなが驚きの声をあげる中、「喋る鳥ってオウムじゃないの？」と眼鏡を掛けたクラス委員の中島大翔《なかじまひろと》が言った。すると、「はいはいはい！」と、健太が右手を挙げながら輪の中心に分け入った。

「ぼく知ってるよ！　オカメインコってね、名前はインコだけどオウムの仲間なんだって。それで、大きさは三十センチくらいだけど、体の半分くらいはオバネなんだよね」

「よく知ってるね」、「スゴイじゃん！」と、先月転校して来たばかりの健太に、クラスメイトの尊敬の眼差しが注がれた。

「へへへ、ぼく、花春の育代おばさんに聞いたんだ！」

健太が鼻の下を人差し指でこすりながらそう言うと、「あ、わたし、あのおばさん知ってる」、「おもしろい人だよね」と、何人かの女の子がうなずき合った。

「ねえ、今日、美紀ちゃんちに遊びに行っていい？」

誰かがそう言うと、「あ、ずるい！　わたしもわたしも！」と声が続き、「いいな、いいなー」「行きたい、行きたいー」とクラス中が、大合唱のようになった。

そこへ、担任の早川《はやかわ》先生が驚いた様子で教室に入ってきた。

「あらあら、みんなー、どうしたんですかー？　はいはい、静かにしてくださーい。お掃除は終わったのかなー？」

「まだでーす」と何人かの声が重なった。

「あら、じゃあどうしてみんなでお喋りしてるのかなー？」

「美紀ちゃんちの鳥が喋ったからでーす」

さっき、シズクが美紀の妹かと訊ねた大介が、元気よく答えた。

「ああ、そういえば、倉田さんのお家では、鳥を飼い始めたそうですね。そうなの、お喋りができる鳥なのね。すごいわねえ」

「その鳥を見に、みんなで美紀ちゃんちに行くんでーす」

健太は大介に負けず劣らず大きな声で、早川先生に言った。

「なるほど、その相談をみんなでしてたのね。分かりました。では、お掃除が終わったら、鳥のお話の続きをしましょう。ほうき係さん、ぞうきん係さん、つくえはこび係さん、自分のお仕事をちゃーんとしてくださいねー」

「はーい！」

6

美紀のクラスメイトが大挙して遊びに来た翌朝、「ママ、シズクちゃんがまた喋ったよ！」と、美紀がキッチンに駆け込んできた。朝食のサラダとハムエッグはすでに食卓に並べ終え、晴香はコーヒーメーカーのドリップを待っていた。

「ホント？　今度はなんて？」

「来て来て！　ママも一緒に聞いてみて！」

美紀が嬉しそうに言って、晴香の手を引っ張った。

（本当に喋ったのかしら？）

晴香は、実を言えば半信半疑だった。昨日、本当に雨が降ってきた時は正直驚いたが、よく考えると、二度ともシズクの言葉を聞いたのは美紀だけなのだ。美紀や夫の雅和が出掛けている間、一番長い時間一緒に過ごしている晴香の前で、シズクが喋ったことは一度もない。晴香は、美紀が嘘をついているとまでは思わないものの、やはり何か聞き違いでもしているのではないか――と懐疑的だった。

「シズクちゃん、ママも聞きたいって！」

『ピピッ』

鳥かごを覗き込み美紀が話しかけると、シズクは羽をパタパタパタッと動かし鳴いた。

(……やっぱり、鳴き声が『ミキ』って聞こえただけじゃないかしら。『アメフル』っていうのは、聞き間違いにしては、ちょっと変な気がするけど……)

晴香は、シズクのリンゴのタネのような二つの瞳を見つめながら思った。

「シズクちゃん、お願い、さっきの言葉、ママにも聞かせてあげて」

美紀が胸の前で指を組んでお願いすると、シズクは可愛く首を傾けて『ピピッ』と鳴いた。

「……ねえ、美紀。やっぱり――」と、晴香が言いかけたとき、シズクが止まり木から餌入れの上にピョンと移動し、そして、『ツイテクルイヌ』とハッキリ喋った。

「えっ？」

晴香は突然のことにポカンと口を開けた。

「ほらね！　さっきもね、今みたいに、『ツイテクルイヌ』って言ったの!!」

美紀は得意げに鼻を膨らませて晴香の顔を見上げた。目を輝かせて訴える幼い娘に晴香は、信じられない思いで鳥かごに顔を近づけ、「『ついてくる犬』って言ったの？」とシズクに問いかけた。

晴香の問いにシズクは、まるで、そうだよと言わんばかりに『ピピッ』と返事をした。

「ねえママ。これもママが言った言葉を覚えたの？」

「…………」

晴香は咄嗟に答えが見つからなかった。『そうよ、ママが教えたの』と答えるのはいくら子ども相手でもさすがに無理がある。晴香は少し考えてから、「……きっと、テレビで言ってたのを覚えたんだと思うわ」と言った。

「そっか！　テレビの声も覚えるんだね。シズクちゃん、頭いいねえ」

美紀は無邪気に笑い、愛おしそうにシズクを眺めた。

その日の午後、「ママ〜！」と玄関から美紀が大きな声で呼んでいた。シズクが来てからというもの、以前に増して元気になり、どちらかというと内気で控えめだった美紀に友だちも増えた気がする。

「お帰りなさい美紀。どうしたの？　虫でも捕まえた？」

晴香が廊下の奥から顔を覗かせると、美紀は玄関のドアを後ろ手に押さえた格好のまま高揚した顔で、「犬がついてきたー！」と言い放った。

「ええっ!?」

晴香は驚いて、持っていた雑巾を思わず取り落とした。

「また、シズクちゃんが言ったとおりになったね！」

そう言った美紀の後ろで、白い子犬がしっぽをピコピコ振っている。晴香はまばたきも忘れ、よろよろと玄関へ歩み寄った。

「………」

「ねえママ、どうしよう、この犬。……ママ？」

美紀が、立ち尽くす晴香のスカートの裾を引っ張った。

「えっ？　あ、そ、そうね……」

晴香は我に返ったように目をぱちぱちと瞬いたあと、上がり框《かまち》にひざまずいて、白い子犬にそっと手を伸ばした。豆柴だろうか。笑っているような愛嬌のある顔で晴香をじっと見て、近づいてきた手をクンクンと嗅いだ。

「あらっ？」

晴香はその時になってようやく子犬のムクムクの首に首輪が埋まっていることに気がついた。首輪にはプレートが付いており、そこには「梶山《かじやま》マル」という名前と電話番号が書いてあった。晴香は美紀に、子犬と一緒にここで待つように言い置いて、急いでリビングへ駆け込みその電話番号に電話をかけた。

美紀は子犬の背中を優しく撫でながら、子犬は舌を出して満足そうに撫でられながら、電話の声が聞こえるリビングの細く開いたドアを見つめている。

「――はい。そうです。――ええ、ではお待ちしております」

電話を切ったあと、玄関に戻ってきた晴香は、「このコ、勝手に一人でお散歩に行っちやったんですって。すぐに飼い主さんがお迎えに来てくれるそうよ」と言った。

「よかったね！」

美紀が頭を撫でると、子犬は嬉しそうに目を細めて美紀を見上げた。

ほどなく、梶山という赤い眼鏡を掛けた中年の女性が犬を迎えにやって来た。そして、聞いてもいないのにマルがどれほどお転婆で手を焼かされるかを滔々《とうとう》と話し、結局お礼も言わず、マルを叱りながら連れて帰った。

マルと梶山婦人を見送ったあと、晴香と美紀はリビングに入り、美紀はすぐにシズクの側へ駆け寄った。

「ねえ、ママ、シズクちゃんすごいね。今日も当たったね」

美紀がきらきらした瞳で振り返る。

「……そうね……まさか予知夢でも見ているのかしら……」

晴香は首を傾げながら、ぼそっと言った。その母親の言葉に、美紀は飛びついた。

「ヨチム？　ヨチムって何？」

「えっ？　ああ、夢で見たことが実際に起こったり、未来を夢に見ることよ。シズクちゃんが朝起きて喋ったことが本当に起こったでしょう？　だから、予知夢でも見たのかなって思ったんだけど……あ、なんて、冗談よ冗談、偶然が続いただけ……」

「それだよママ！　きっと、ヨチムだよ。スゴイね、シズクちゃん、お喋りできるだけじゃなくて、夢で見たこと、教えてくれてたんだね！」

「美紀……偶然だってば……」

戸惑い顔の晴香を余所に美紀は、「ヨチム、すごいね、シズクちゃん♪」と、いつものように変な節をつけて歌いながら、鳥かごの前でピョンピョンと飛び跳ねた。

晴香は、そんな美紀とシズクを見比べながら、心の中では（……でも、もしかして）と思わないでもなかった。

7

健太は三日ぶりに花春を訪れた。

「こんにちは！」

「いらっしゃい、健太くん！」

店の奥で育代は、嬉しそうに立ち上がった。

育代の隣に座っていた須美子も、「健太くん、こんにちは」と笑顔で健太を迎えた。

「あ、須美子姉ちゃんも来てたんだ」

「うん、いつもより早めに買い物をして、ここでのんびりさせてもらっていたの」

椅子に掛けられた大きな買い物バッグから、長ネギの先が飛び出している。

「健太くん、学校はどう？」

育代は健太のために椅子を引いてやりながら聞いた。

「えーとね、あ、そうだ！　美紀ちゃんちのシズクちゃんがね――」

健太は勧められた椅子に、ピョンと身軽に腰掛ける。

「シズクちゃんて、オカメインコだったわよね？」

須美子が先日聞いたことを思い出しながら言った。

「うん、そう。その、シズクちゃんがね喋れるようになってね」

「へえ、まだ日が浅いのにすごいわね。普通、飼い始めて人間や環境に馴れて、家族を仲間と認識するとようやく言葉をマネするようになるのにね」

育代は昔調べたというオカメインコの知識を披露した。

「へえ、シズクちゃんはやっぱり天才なんだね。ケンコーシンダンから帰ってきたら『ミキ』って喋ったんだって。しかもね、チムチ……じゃなくて、ムチム……じゃなくて……えーと、あれ？　なんだったけな、朝起きると、その日のことを喋るんだって……」

「その日のことを喋る……ってどういうこと」

育代が不思議そうに訊ねる。健太は言葉を思い出せないもどかしさから、何度も首をひねりながら、「あのね、夢を見て、それを喋ると、それがこれから起こるんだけど……」

とたどたどしい説明を試みる。須美子は健太の言葉を聞いて、「夢？　もしかして、予知夢？」と援護した。

「そう！」

健太は机に身を乗り出して「それだよ、さすが須美子姉ちゃん！」と言い、続けてまくし立てるように「シズクちゃんがね、ヨチムを見るんだって！」と付け加えた。

「えっ？　予知夢を見るって、どういうことなの？」

育代の問いに、健太はシズクの予言どおり一昨日『雨が降ったこと』、昨日は学校帰りの美紀に『犬がついてきたこと』を話した。

「へえ、すごいわねえ！」

育代は、心底感心したように、感嘆の声をあげた。

そこへ偶然、話題の中心人物である美紀が、母親の晴香と一緒に花春のドアを開けた。

「あ、美紀ちゃん！」

「健太くん！」

「いらっしゃいませ」と育代は素早く立ち上がり頭を下げてから、「あなたが美紀ちゃんなのね。お誕生日おめでとう。健太くんからいつもお話は聞いているわ」と笑いかけた。

そんな育代に美紀はお行儀よく、「こんにちは！」と、元気なお辞儀を返した。

「先日は、素敵なお花をありがとうございました」

「いえいえ、こちらこそありがとうございました」

育代と晴香のやりとりを、須美子は微笑みながら見守った。

「この子もとっても喜んで、またあのお花を飾りたいって言うんです。それで今日は、あの時のアレンジを、玄関用に少し小さめにしてお願いできないかと思いまして」

「まあ、嬉しい！　すぐにお作りしますので、どうぞこちらでお待ちください」

そう言って育代は、健太と須美子の後ろをすり抜けて、美紀と晴香母娘にも椅子を勧めた。

「あ、美紀ちゃん、紹介するね。このお姉ちゃんはね、須美子姉ちゃんっていうの。ぼくの友だちなんだ」

さっきから美紀がチラチラと見ているのに気づき、健太は須美子を紹介した。

「この近所で住み込みの家政婦をしている吉田須美子です。初めまして」

健太の紹介に笑いながら立ち上がって、須美子はペコリとお辞儀をした。

美紀も「倉田美紀です。こんにちは」と、また元気なお辞儀をした。

晴香は「先日もいらっしゃいましたよね」と笑顔で言ってから、「倉田晴香と申します。健太くんの……お友だちですか？」と訊ねた。

須美子は健太にチラッと視線を走らせたあと、ニコッと微笑んで「はい」とうなずいた。

「ねえねえ、美紀ちゃん。育代おばさんもむかし、シズクちゃんと同じオカメインコを飼ってたことがあって、やっぱり喋ったんだって！」

健太が育代を指さして言うと、美紀は「えー、そうなの！」と、興味津々の目を輝かせて、花を集めて動き回る育代の横顔を見た。その視線に気づいた育代は、「そうなの。でも、ウチのピピタロウは『イラッシャイマセ』しか喋れなかったけどね。シズクちゃんは優秀なんですってね。未来の出来事を教えてくれるんでしょう？」と、忙しなく手を動かしながら言った。

「うん、ヨチムを見るの！」

美紀が無邪気にうなずいた隣で、晴香の表情が一瞬こわばったのを須美子は見逃さなかった。

「あの、いま健太くんから、その話を聞いたばかりなんですよ」

晴香の微妙な表情を気にしながら、須美子は育代の言葉を補足した。

「……そうですか。でも、ただの偶然が重なっただけだと思いますので……」

晴香は言葉を濁した。なんだか、この話を避けたい様子が伝わってくる。

だが、作業中の育代はそんな雰囲気には気づかず、「もしかしてシズクちゃん、今日は『花を買う』って言ったのかしら？」と美紀に訊ねた。

「ううん。今日は喋ってないよ」

無邪気に答えた美紀も、母親の様子に気づいていないようだ。

「今度はさあ、『ケーキを山ほど食べる』とか、『ごちそうを山ほど食べる』とか、『アイスを山ほど食べる』とかって言ってくれるといいね！」と健太が言うと、そこにいた全員が吹き出した。晴香も、こわばっていた頬を緩めて、「ふふふ」と声を立てて笑った。美紀も大笑いしながら「健太くん、『食べる』ばっかりだよ！」と指摘した。

「そういえば、シズクちゃんは、ほっぺに雫形の模様があるんでしょう。珍しいわね」

育代は思い出したように美紀に言った。

「そうそう、それで『シズクちゃん』っていう名前なんだよね！」

健太は膨らませたほっぺたを指さして付け加えた。

「うん！」

美紀は嬉しそうにうなずいた。

晴香も笑みを浮かべてその様子を見守っていたが、少し和らいだと思ったその雰囲気が豹変したのは、その直後のことだった。育代が、「きっとそんな珍しい模様のコは、この世に一羽しかいないわね」と言うと突然、晴香が椅子を倒さんばかりの勢いで立ち上がって、「もちろんですっ‼」と大きな声を出したのだ。

何が起こったのか分からず、全員がポカンと口を開け、晴香を注視した。美紀までもが驚いたような表情で隣の母親を見上げている。

「……ママ？」と美紀が心配そうに袖を引くと、晴香はハッと我に返り、「あ、あら、すみません、わたしったら……」と、バツが悪そうに俯いて腰を下ろした。

「いえ、こちらこそすみません」と育代は晴香に向かって頭を下げたあと、「美紀ちゃん、ごめんなさいね。シズクちゃんみたいなかわいい鳥さんが、他にいるわけないわよねえ。おばさん、時々余計なことを言ってしまうの、許してちょうだいね。さあ、お待たせしました、できましたよ！」と言って美紀にアレンジの花かごを渡した。

「わあ、この前よりかわいい！」

育代がオマケでつけた赤いリボンに晴香の表情も和らぎ、空気も和んだ。

「じゃあ、健太くんまた月曜日に学校でね！」

「うん、バイバイ美紀ちゃん」

美紀と健太が手を振り合う。美紀の隣で晴香が「本当に、すみませんでした」ともう一度頭を下げて、母娘は手をつないで商店街の雑踏へと出ていった。

二人の姿が見えなくなると、すぐに健太も「ぼくも、もうすぐお兄ちゃんが帰ってくるから、帰りまーす」と立ち上がった。

健太に向かって「気をつけてね」と手を振ったあと、育代と須美子は、同じタイミングで顔を見合わせた。

「育代さん、美紀ちゃんのお母様、なんだか様子がおかしかったですよね……」

須美子は、育代に率直な感想を言った。

「そうねえ、お疲れなのかしらね。このあいだの日曜日、美紀ちゃんのお誕生日会だったって言ってたでしょう。美紀ちゃんのお友だちがたくさんお家に集まったみたいだから、準備や片付けが大変だったのかもね……」

「そうかもしれませんね。……さてと、わたしもそろそろ帰ってお夕飯の支度をしなくっちゃ」

須美子は育代にお茶の礼を言い、大きな買い物バッグを「よいしょ」と肩に掛けた。

8

週末、シズクは喋らなかった。

土曜日は、両親と一緒に近所の公園にピクニックに行ったので、シズクと遊ぶ時間はあまりなかったが、日曜日は雨だったので一日家の中にいた。

美紀はシズクの前に椅子を持ってきて陣取り、何時間も話しかけていたが、『ピピッ、ピッピー』と、首を傾げてばかりだった。

「うーん、やっぱり、シズクちゃんが喋るのは夢を見た時だけなのかなあ……」

雅和は面白そうに娘と鳥の交流を眺めては、時々、「パパだピピ」とか「僕もお腹が減ったピピ」と変な話し方をして美紀を笑わせていた。

幸せな週末はゆったりと過ぎていった。

そして、雅和が早朝出勤でいつもより早く家を出た月曜日の朝、シズクは久しぶりに喋った。

いつものように鳥かごからカバーをはずすと、シズクはしばらく首を傾げて美紀を見ていたが、やがて『スベッテコロンデ』と早口で喋った。

「今、すべって、ころんでって言ったの……？」

美紀が小首を傾げながら繰り返すと、シズクはまた『スベッテコロンデ』と喋った。

「!!」

美紀は急いでキッチンに行き、母親の晴香にそのことを伝えた。

「本当に、そう……言ったの……？」

美紀の報告を聞いて、晴香は顔色を変えた。最初は『アメフル』で雨が降り、次は『ツイテクルイヌ』で実際に子犬が美紀についてきた。

（まさかね……）

晴香の頭の中では、信じられない気持ちと、もし現実になったらという恐怖が渦巻いていた。その思いから芽生えた胸騒ぎの木は、美紀が出掛ける時間が近づくほどに大きくなっていく。

「気をつけていってらっしゃいね。今日は、いつもよりもっと気をつけるのよ？　スベッテコロンデ、になっちゃったら大変よ。いい？」

ランドセルを背負った美紀の両肩に手を置いて、晴香は真剣な声で言って聞かせた。まさかとは思いつつも、漠然とした不安をどうしても払拭できなかった。

「はあい！」

元気に手を上げて返事をした美紀は、慎重に玄関に降りて靴を履き、そーっとドアを開け、一歩ずつ踏みしめるようにアプローチを歩いた。美紀の様子を見守っていた晴香は、そんな娘を見て、少し気持ちが楽になり、「ふふふ。そんなに慎重にしなくても大丈夫よ。でも、いつもより気をつけてね！」と手を振った。

美紀も「はーい！」と元気に返事をしながら手を振り返し、学校に向かった。

その日の午後、美紀はいつもの時間に無事に帰ってきた。

「ただいま、ママ。滑らなかったし、転ばなかったよ……」と、美紀はシズクの予知がはずれたのが残念そうに、でも安心したような複雑な表情で靴を脱いだ。

「良かったじゃないの！　やっぱり今までのは偶然だったのね」

一緒にリビングに入りながら、晴香がホッとして美紀の頭を撫で、「さあ、ランドセルをお部屋に置いて手を洗っていらっしゃい。おやつがあるわよ」と言った時だった。

ピンポーン♪

「あら、誰かしら？」と呟きながら、晴香はインターフォンの通話ボタンを押し「はい」と応えた。すると、「ただいま、僕だよ」と夫の雅和の声が返ってきた。

時ならぬ夫の帰宅に驚いた晴香が玄関に行きドアを開けると、そこには松葉杖をついた夫が照れたような笑いを浮かべて立っていた。

「雅和さん、どうしたの！」

「ああ、ちょっと、会社で転んで足首と腰を痛めちゃってね……ハハハ面目ない」

「……!!!」

晴香は、呆然と夫の顔を見つめた。

「おい、どうした、晴香？」

晴香と雅和の声を聞いて、美紀もランドセルを背負ったままの格好で玄関に戻ってきた。

「……パパ、滑って転んだの？」

美紀が心配そうに聞いた。

「そうなんだよ。『清掃中』の札に気づかなくてね。電話だって呼ばれて慌てて廊下を走ったら、ツルッとね」と、その時の状況を再現するように体を反らし、「イテテ」と腰をさすった。

「パパ、廊下は走っちゃいけないんだよ」

「ハハハ、そうだね。美紀は廊下を走っちゃいけないよ。パパみたいに転んで怪我したら大変だ……おい、晴香？　本当にどうしたんだ。顔色が悪いぞ」

「え、ええ……大丈夫、なんでもないわ。それより怪我は？」

「足首はひねっただけだし腰も軽い打撲だって言われたよ。骨に異常はないそうだ。医者が大げさに松葉杖なんか貸してくれるからさ、大ごとになっちゃって。上司から言われて仕方なく今日は早退したけど、全然たいしたことないんだ。会社でもみんなに笑われたし、やんなっちゃうよ。ハハハ」

「そう……」

晴香はホッとしたが、笑う気分にはなれなかった。

「……やっぱり、シズクちゃんの……」

美紀がそう口を開きかけると、「美紀！」と晴香が大きな声で遮って、「パパとおやつ食べましょう！」と黙らせた。

美紀はビックリして、口を開けたまま動きを止めた。晴香は雅和に見えないように、口に人差し指を当て美紀の目を見つめた。

美紀は黙ったまま、コクンとうなずいた。

「なんだ、なんだ？　パパだけ仲間はずれか？」と雅和が二人の間に口を挟んできた。

するとと美紀は「なんでもないもーん、あ、パパ、あとで一緒におやつ食べよう」と言って、ランドセルを置きに二階へ駆け上がっていった。

晴香は直観的に、雅和には話さないでおこうと決めた。

(別に隠す必要はないんだけど……言わない方がいいわよね、偶然のことだし……。でも
……でも、もしかしたら本当に……)

まさかと思っていたことが現実に起き、雅和が怪我までした。ここまで偶然が重なると、シズクの予知夢は本物なのかもしれない――と、晴香は次第に恐ろしくなってきた。

雅和と美紀の前に、ミルクティーとおやつのドーナツを置いたあと、晴香はまたシズクのことを考えていた。その顔を雅和が心配そうに覗き込む。

「おい、本当に顔色が悪いぞ。大丈夫か？」

「ご、ごめんなさい、なんだか気分が悪いから、ちょっと横になってきていいかしら……」と言って、晴香は雅和の返事を待たず寝室へ向かった。

「……ママ、大丈夫かな」

美紀は心配そうにリビングのドアから顔を覗かせて晴香を見送る。

「最近急に寒くなったから、風邪かもしれないな。よーし、おやつを食べたら今日は美紀とパパで晩ご飯を作ろうか」

「うん！　ママ、きっとよろこぶね！　でもパパ、怪我してるんでしょ？　大丈夫？」

「大丈夫、大丈夫！　さあ、そうと決まれば……」

　二人は競うように黙々とドーナツを口に詰め込み、ミルクティーをゴクゴクと飲んだ。

「ああ、美味しかった！　ごちそうさまでした!!」

「はい、パパもごちそうさまでした。よし、美紀、手を洗ってエプロンをしてくださーい！　パパもママのエプロンを借りて……っと」

　雅和はリビングの椅子に掛けてあった茶色のエプロンを手に取る。

「あ、パパ、ママのエプロンじゃ、ちっちゃいんじゃない？」

「大丈夫、大丈夫。なんとか、こうやれば……よいしょ、ほら入った！」

「ああ、パンパンだー！　あはは！　ママのエプロン破けちゃうよ」

「えー、そうか？　じゃあ、こうすれば……」と雅和は思いきり息を吸ってお腹を引っ込めて、「ほら、大丈夫！　さあて、今日のメニューは何にしようかな」

「あー、パパまたお腹飛び出したー！」

　雅和と美紀は、ワイワイと騒ぎながらキッチンに向かう。

　そんな二人の姿を、シズクがリビングの片隅から首を傾げて眺めていた。

9

　次の日の休み時間、美紀のクラスはまた、シズクの話題で持ちきりだった。シズクが予知夢を見るという話が、美紀の父・雅和が怪我をしたことでグンと信憑性を増したのだ。

もちろん健太も、美紀の話を興味津々で聞き、学校帰りに早速、花春に駆け込んだ。店には育代が一人きりだった。

「美紀ちゃんのお父さん、シズクちゃんのヨチムどおりに『スベッテコロンデ』怪我しちゃったんだって！」

「えっ、本当⁉」

育代は健太の好きなお菓子を用意しながら、眉間にしわを寄せて、「怪我って、おっきい怪我なの？」と訊いた。

「ううん。たいしたことはないって言ってた」

「そう、それなら一安心だけど……。それにしても、シズクちゃんの予知夢はすごいわねえ。最初が『アメフル』だったかしら？」

「そうだよ！　次が『ツイテクルイヌ』で、今度が『スベッテコロンデ』だよ！」

「そうだったわね、すごいわぁ！」

「それでね――」と、健太は大好きな焼き菓子を取り出す育代の手元から目を離さず、「美紀ちゃんち、お母さんも具合が悪くなっちゃったんだって」と続けた。

「あら？　どうしたのかしら。まさかお母さんも滑って転んだわけじゃないでしょう？」

「ううん、違うみたい。お父さんは風邪かもって言ってたらしいよ」

「ふーん、そうなの」

「あ、忘れてた！　ぼく今日はまっすぐ帰るってお父さんと約束してたんだった……」

健太は勢いよく立ち上がり、残念そうにテーブルの上を見つめる。

「ふふふ、じゃあ、お菓子は、お父さんとお兄ちゃんの分と一緒に持って帰りなさい」

育代が、用意した焼き菓子をティッシュにくるむと、健太は満面の笑みで、「ありがとう！」と両手を差し出した。

「気をつけて帰るのよ」

「はーい！　また明日ー」

健太は元気に返事をして、ドアを飛び出していった。

そのすぐあとに、今度は買い物帰りの須美子がやって来た。

「いらっしゃいませ……あ、須美ちゃん！」

「こんにちは」

「ちょうどいま、健太くんが帰ったところなのよ」

育代はテーブルの上のお菓子の残りを指さして言った。

「ええ、今、嬉しそうな顔で走っていきました」

「それでね、健太くんがまた美紀ちゃんのお家のシズクちゃんの話を聞かせてくれたのよ」

「へえ！　まさかシズクちゃん、また予知夢を見たんですか？」

「ええ、そうらしいのよ――」

育代は、健太から聞いた話を整理して、須美子に聞かせた。

「――今度は『スベッテコロンデ』ですか」

「そう、でも本当にすごいわよね。予知夢を見る鳥だなんて。テレビに出られるんじゃないかしら」

育代は心底感心しているようだった。だが、須美子は育代と違い、予知夢の話を鵜呑みにする気にはなれない。

「まったく、ウチのピピタロウとは大違いだわ！　あのコも最初に喋った時は天才じゃないかって思ったけど……」

「アハハ、そういえば、ピピタロウくんはどれくらいで『イラッシャイマセ』って言えるようになったんですか？」

「ええと……どれくらいだったかしら。たしか七月頃うちに来て、二か月とか三か月くらい経って初めて喋ったんじゃなかったかしら……」

育代は、懐かしむように目を細めてから、「あ、そうそう、そういえば美紀ちゃんのお母さんも具合が悪くなっちゃったらしいのよ」と心配そうな顔になった。

「あれ？　滑って転んだのは美紀ちゃんの『お父さん』じゃなかったんですか？」

「それがね、滑って転んだのはお父さんらしいんだけど、健太くんの話によると、お母さんも寝込んでしまったらしいの。美紀ちゃんのお父さんは、風邪じゃないかって言ってたみたいだけどね」

「そうなんですか……」

須美子はふと、先日の晴香の不可解な行動を思い出した。

10

翌日は水曜日で、須美子がいつも行く磯川鮮魚店の特売日だった。須美子は売り切れないうちにと早めに買い物に出掛けた。以前、特売日の夕方に店に立ち寄ったら、ほしかった魚が全部売り切れていたことがあったのだ。

「さて、お夕飯は何にしよう。えーと、鮭のムニエルは最近お出ししてないわよね。あ、それともサンマの塩焼きのほうがいいかしら……」

須美子が夕飯の献立を考えながら、鮮魚店への道を急いでいると、横断歩道の向こう側に、晴香の姿を見つけた。

(あ、よかった。具合はもう良くなったみたいね。でも……なんだか、ずいぶん思い詰めた表情をしているみたい……)

しばらく迷ったが、須美子は信号が青に変わったのを機に、晴香のあとをついていくことにした。あまり遠くまで行くようだと晩ご飯の魚が心配だが、須美子はなんとなく、目的地はすぐそこにある店ではないかという気がしていた。

（……やっぱり）

須美子の予想どおり、晴香は一軒のペットショップへ入った。

（「ハッピーフレンズ」っていうのね……）

須美子は晴香に見つからないよう店内を窺いながら、そーっと入口の自動ドアを入った。ペットホテルはもちろん、トリミングもしてもらえるから、この辺りの動物好きには評判の店だと噂を聞いてはいたが、店に入るのは初めてだった。

店内はかなり広く、入口付近には、熱帯魚のコーナーが設けられている。背の高い棚が何列も並び、色々な動物の餌やおやつ、グッズやケージなどが所狭しと置かれている。

晴香は、店の一番奥にあるサービスカウンターの前で、エプロンをつけた男性と話をしていた。須美子は、棚の間を通ってそっと近づく。

「……じつ………いた…………ですけど……」

「どうですか、今度は大丈夫でしょう?」

須美子は猫のカンヅメを手に取り眺めるふりをしながら、耳を傾ける。男の声は明瞭に聞こえるのだが、晴香は声をひそめているらしく、何を言っているのかハッキリと聞き取れない。

「………です」

「ああ、そうですか。オカメインコはオウムの仲間ですからね。これからも教えれば、色々な言葉を覚えますよ」

「………てな………です」

「えっ？……ええと、そうですか？　じゃあ、お店にいた時に覚えたのかな。三歳ですからね。色々な声を聞いていたのかもしれませんね。あ、もしかしたら、お店に来たお客さんが教えたりしたのかも……」

男性の声の調子や仕種が、なんだか狼狽えているように思える。

その後、二言三言、言葉を交わしてから、晴香は男に軽く頭を下げ、肩を落として店を出て行った。

晴香を見送った男性は、「まいったなあ……いまさら本当のことを言うわけにもいかないし……」と、ため息をつきながらバックヤードに消えた。

（もしかして……）

二人のやりとりを聞いて、須美子はふとある疑惑を抱き、晴香を追って急いでペットショップを出た。だが、その姿はすでに見えなくなっていたことで、我に返った。

（……わたしったら、光彦坊っちゃまじゃあるまいし、何をやっているのかしら）

好奇心旺盛な光彦は、事件や謎があるとすぐに首をつっこみ、母親の雪江から「陽一郎さんの迷惑になることはおやめなさい」と叱られてばかりいる。しかし、その実、警察庁刑事局長の要職にある長男の陽一郎も、弟の才能を認めていて、時には内密に捜査協力を求めることもあるのだ。そんな光彦の名探偵としての活躍に、須美子は自分でも知らないうちに憧れの気持ちを抱いていたのかもしれない。

「さあ、お買い物に行かなくちゃ！　お魚、お魚」

体の中に溜まったモヤモヤした気持ちと一緒に、須美子はフーッと勢いよく息を吐き出してから、商店街へ向かった。

11

次の日は朝から、空一面を灰色の雲が覆っていた。十月も押し詰まり、こんな天気の日は、日中でも上着が欲しいくらいだ。

須美子は朝食の準備、片付け、掃除、洗濯、昼食の準備、そしてまた片付け……と、いつもの仕事をてきぱきこなし、カーディガンごとまくっていた袖を伸ばしながら庭に出た。

「なんだか、降ってきそう……」

空を見上げ、洗濯物をいつ取り込むか悩んでいると、「須美ちゃん」と呼ぶ声がした。

「あ、はい」

振り返ると、雪江が家の中から顔を覗かせていた。

「雨が降りそうなところ悪いんだけれど、お買い物のついでに平塚亭でお団子を買ってきてもらえないかしら。洗濯物はわたしが取り込んでおきますから」

「そんな、大奥様にそんなこと――」と須美子が言いかけるのを制して、「いいから、いいから、それよりお願いね。なんだか無性にお団子が食べたくなっちゃって……光彦には内緒よ。『お母さんも食いしん坊ですね』なんて言われたくありませんからね」と小声で言った。

「ふふ、はい、かしこまりました。では、すぐに行って参ります」

須美子が住み込みで働く浅見家は、北区西ケ原三丁目にある。商店街の西の端と言っていい場所だ。今晩の献立を考えながら、左右のお店をキョロキョロ眺めて歩いていると、鳥丸《とりまる》精肉店と八百吉青果店の店主から、それぞれ「オススメがあるよ、須美ちゃん！」と声がかかった。

オススメの内容は日によって違い、たくさん仕入れたお買い得品であったり、たまにしか入ってこない高級品の時もある。今日は前者だった。須美子はそれぞれの店でオススメの品を買い、今晩のメニューを組み立てた。

（ええと、タマネギがたくさんあるからスープはオニオンにしようっと。付け合わせの野菜も、挽肉もよし！　今夜のメインはハンバーグに決まりね。――じゃあ、あとは平塚亭でお団子を買って帰らなくちゃ）

須美子は雪江に頼まれた甘味の種類と数を思い出しながら、商店街をまっすぐ進む。

この通りは、北区と豊島区を跨いで、「西ヶ原銀座商店街」、「染井《そめい》銀座商店街」、「霜降銀座商店街」と全長一キロほど続き、本郷通りへ出る。いつもなら、本郷通りの大炊介《おおいのすけ》坂を上り、旧古河庭園の前を通るコースを歩くのだが、今日は雨が降り出す前に帰りたかったので、近道をすることにした。

「よいしょ」

商店街の途中から谷田川通りに出て、幼稚園の赤信号で須美子が買い物バッグと傘を持ち替えた時だった。

『カア、カア！』

すぐ近くでカラスの鳴き声が聞こえた。

見上げると、頭上の電線に真っ黒なカラスがとまっている。都会のカラスは栄養が良いって聞くけど、このカラスはなんだかホッソリして小さいからメスかしら――などと思いながら須美子が視線を地上に戻すと、同じく信号待ちをしていた若い女性もカラスを見上げていた。彼女のほうは後ろにいる須美子が視界に入っていないようで、顎を上げて真顔でカラスを見続けている。

信号が青に変わり、須美子が、女性の足元のキャリーケースにぶつからないよう脇を追い抜こうとしたときだった。

「鴉啼《な》いてわたしも一人……」と、その女性が呟いた。

「……？」

須美子は横を通り過ぎるとき、チラッと彼女の横顔を見た。暗い表情が愁《うれ》いを帯び、少しやつれているようにも見えるが、須美子よりは少し若そうだ。

（綺麗なひとね……）

そう思った時、遠くから「美紀ちゃーん！」と聞き覚えのある声が耳に飛び込んできた。声のした方に視線を向けると、学校帰りの集団の中にいた美紀に、健太が手を振りながら駆け寄るところだ。

「あ、健太くん！」

美紀が振り返って笑顔になる。

健太が美紀に追いつくと、二人は並んで、笑いながら歩き始めた。二人とも、車道を挟んで二、三十メートルのところにいる須美子には気づいていないようだ。

「じゃあね美紀ちゃん！」

「バイバイ健太くん！」

信号の手前で、健太は短距離走の選手のように駆け出し、今、須美子が出てきたばかりの商店街の通りに吸い込まれていった。

ふと、須美子は後ろに不穏な気配を感じた。振り返ると、さっき追い抜いた女性も、須美子と同じように立ち止まっていて、歩道を歩く美紀のほうをじっと目で追っているようだった。

須美子は考えるより先に建物の陰にサッと身を隠した。そして、そーっと顔を覗かせ、彼女の様子を窺った。

黒く長い髪を後ろで一つに結わえ、黒いスーツに黒いパンプス。細面の美人だが、あらためてみるとまるでさっきのカラスのような陰気さが全身につきまとう。

その〝カラスのような女〟が、あまりにも美紀を注視しているので、須美子は少し不安になった。幼児や児童を狙った誘拐?――という疑惑が、チラッと頭をよぎる。

美紀は胸の横辺りでランドセルのベルトを両手で握り、ゆっくりと横断歩道を渡ってくる。〝カラス〟との距離は、もう数メートルだ。美紀のほうは、自分が見られていることに、全く気づいていないらしい。鼻歌でも歌っているのか、ニコニコしながらゆっくりと歩いてくる。

（もしもの場合には、飛び出して大声で助けを呼ばなくちゃ！）

須美子はゴクリとつばを飲み込んで身構えた。

しかし、美紀は何ごともなく〝カラス〟の横を通り過ぎた。

〝カラス〟は体ごと振り返り、その場でしばらく美紀の後ろ姿を見送ったあと、踵《きびす》を返し、須美子が隠れている方に向かって歩き始めた。

（えっ……）

須美子は驚いた。目の前を通りすぎるその横顔は、先ほどの暗い表情とは打って変わって、慈愛に満ちた柔らかな微笑みだった。

「どういうこと……」

顔を覗かせ小さく呟いたそのとき、誰かが後ろから須美子の肩を叩いた。

「!!」

須美子がビクッと身体を硬直させ、ゆっくり振り返ると、人の善さそうな笑みを浮かべた男性が佇んでいた。

「日下部さん！」

「須美子さん、彼女と知り合いなんですか？」

日下部亘は、〝カラス〟が去った方角を指さして聞いた。

「いいえ、知らない方です……えっ？　もしかして、日下部さんは、カラ……いえ、彼女をご存じなんですか？」

須美子は面食らって、逆に問い返した。

「ええ。チラッとしか見えませんでしたけど、昨年までわたしのゼミにいた学生だと思いますよ。……えーと、確か……そうだ！　佐々木亜希《ささきあき》くんですよ。多分、間違いない。あの黒くて長い髪、黒い服、変わってないなあ……。あ、それで、彼女が何か？　名探偵が隠れて様子を窺っていたところを見ると、『事件』ですかな？」

日下部はいたずらっぽく笑いながら視線を須美子に移した。

「もう、ですからわたしは名探偵じゃないって、いつも言ってるじゃないですか！」

「ははは、そう怒らないでください。そうでした、そうでした。名探偵は秘密の稼業でしたな」

「もう！　日下部さんったら！　あ、それより日下部さんは、彼女……佐々木さんがどんな人物だったか覚えていらっしゃいますか？」

「そうですなあ……あ！　たしか、面白い卒論を書いた学生じゃなかったかな……えーと……『声』がどうしたとかだったような気がするんですけどねえ、あれっ、なんでしたかな……」日下部はこめかみを指でトントンと叩く。「いやあ、年ですな。すぐに思い出せない。で、彼女がどうかしましたか？」

「いえ……」

須美子は言葉を濁した。

「……！　あ、いけない、わたし、おつかいの途中でした！」

須美子は、これから花春へ行くという日下部と別れ、大慌てで平塚亭に向かった。

夕刻から雨になった。須美子は降り出す前に無事、平塚亭のお団子を買って帰り、大奥様にたいそう喜ばれた。

「……カラス鳴いて、わたしも一人、か……」

夕食の準備をしながら須美子は、佐々木亜希が呟いていた言葉を知らず知らずのうちに口にしていた。

「山頭火《さんとうか》かい？」

「きゃっ！」

一人きりだと思っていた須美子は、飛び上がらんばかりに驚いた。

「ははは、ごめんごめん、驚かすつもりじゃなかったんだけど」

知らぬ間に光彦がキッチンの入口から顔を覗かせていた。

「い、いえ……あの、坊っちゃま、サントウカってなんのことですか？」

「種田《たねだ》山頭火。自由律俳句の……あれ違うの？」

「何がですか？」

「須美ちゃんがいま口にしていた俳句」

「え……カラス鳴いてって、俳句なんですか？」

「知らずに口ずさんでいたの。じゃあ、単なる偶然かな。それより今日の夕食はなんだい？」

光彦は鼻をヒクヒクさせながら訊ねる。

「今日はハンバーグです。これから焼きますので、もうしばらくお時間がかかってしまいますよ」

「お、ハンバーグいいねぇ！　チーズソースもかけてほしいな。あと、いつもの甘いニンジンもつけてね」

「ニンジンのグラッセですね。ご用意してますよ」

甘いニンジンという言い方に、須美子は吹き出しそうになった。

（坊っちゃまったら、お食事のことになると健太くんと変わらない年齢な気がするわね）

準備ができるまでもう一仕事するという光彦を見送ったあと、須美子はチーズソースの準備をし、ニンジンのグラッセとポテト、それにシメジとインゲンのガーリックソテーを盛りつけながら、さきほどの言葉を思い出した。

『種田山頭火。自由律俳句の……』

（あの女性が呟いていた『カラス鳴いて、わたしも一人』って種田山頭火の俳句だったのかしら。でも、なんでそんな句を……。それにあの表情、何か変な感じなのよね）

美紀を見る佐々木亜希の慈愛に満ちた表情と、「カラス鳴いて、わたしも一人」という孤独で淋しげな俳句が、須美子の中で反発し合っていた。

(美紀ちゃんを見送った目は、なんというか……そう、まるで母親のようだったのよね……あ、母親といえば、美紀ちゃんのお母さん……)

昨日、ペットショップで抱いた疑惑を思い出し、須美子の頭には美紀を中心に、晴香と亜希の三人の顔が浮かんだ。

「——あ、いけない」

考えごとをしながら調理を進めていると、フライパンから良い香りが漂っているのに気づいた。

「この問題はあとまわし！　美味しいハンバーグを作るのが今のわたしの役目よ！」

須美子は自分に言い聞かせ、コンロの火加減に集中した。

お皿の上では付け合わせの野菜が、そして二階ではお腹をすかせた光彦が、ハンバーグの焼き上がりを待ちかねている。

12

翌日、須美子は午前中の家事を終えて、昼食の準備までの短い時間を利用し、種田山頭火の句集を借りに図書館へ向かうことにした。この家の書庫か光彦の部屋にありそうな気はしたのだが、ここのところ珍しく毎日執筆に追われている坊っちゃまの手を煩わせるのは気がひける。

浅見家から一番近い図書館は滝野川図書館だ。歩いて十分程度だろう。北区で一番有名な場所と言えるかも知れない旧古河庭園の斜向かいにある、滝野川会館の地下一階に滝野川図書館はある。

入口を入ると、すぐに須美子は俳句短歌関連の本が並んでいるエリアを探し始めた。

ほどなくして種田山頭火の本は見つかった。

須美子は迷わず三冊あった山頭火の本をすべて抱え、受付カウンターで貸し出しの手続きを済ませ、帰路を急いだ。

浅見家に戻った須美子は、はやる気持ちをおさえ、昼食の準備に取りかかる。浅見家の面々が食事を済ませてから自身も遅い昼食をとり、食器を洗い終えてから、須美子はようやく本を開いた。

種田山頭火は、名前だけ教科書で覚えたくらいの知識しかなく、生い立ちやどんな作品があるかなど、須美子は全く知らなかった。

来歴によれば、山頭火は明治十五年に山口県で生まれ、早稲田大学文学部を中退後、荻《おぎ》原井泉水《わらせいせんすい》に師事した、自由律俳句で知られる俳人――とある。子どもの頃に母親が自殺し、大学中退後に戻った生家が破産。父と弟を亡くし、四十代で得度。五十七歳のとき、四国・松山の一草庵で生涯を終えるまで、漂泊の人生だったようだ。

光彦の言ったとおり、例の『鴉啼いてわたしも一人』が一冊目の句集に載っていた。この句は、同じく自由律俳句の俳人である尾崎放哉《おざきほうさい》の、『咳をしても一人』に和して作った作品だと解説にある。

本をパラパラとめくりながら、須美子はふと手を止めた。

「あっ……これって」

須美子は自分の発見に驚きつつも、（でも、どういうこと？――）と目を閉じて考えた。

頭の中を、この数日の間に見聞きしたことが高速で流れていく。

『きっとそんな珍しい模様のコは、この世に一羽しかいないわね』

『いまさら本当のことを言うわけにもいかないし』

『鴉啼いてわたしも一人』

『「声」がどうしたとかだったような気がするんですけどねえ』

「――そうか！」

須美子の思考は、ある一つの物語を作り上げた。

「育代さんに聞いてもらおう」

須美子はすぐに、いつもの大きな買い物バッグに本を入れて、勝手口を出た。

（あ、でも……その前に、一つだけ確認をしないと――）

須美子は最短コースで、ペットショップ「ハッピーフレンズ」へと向かった。

花春のドアを開けると、「いらっしゃい」と出迎えたのは育代ではなく日下部だった。

「ああ、須美子さん、いいところに。昨日の佐々木くんの卒論のテーマを思い出したんです」

「こんにちは」

「……もしかして、『声に出して読む山頭火』みたいなテーマじゃないですか？」

「えっ⁉ どうして分かったんです？　正確には『声に出して楽しむ山頭火の世界』っていうんですがね」

「やっぱり！」

須美子は店の奥から遅れて顔を出した育代の元へ、手を取らんばかりに駆け寄った。

「育代さん、わたし、今回のシズクちゃんの予知夢の謎が解けました！」

「え、本当！　すごいわ須美ちゃん……って、あれ、予知夢の謎ってどういうこと？」

育代は須美子を賞賛してみたものの、なんのことだかよく分かっていなかった。

「まさか須美子さん、健太くんのお友だちが飼ってるオカメインコと、わたしの教え子の佐々木くんに、何か関係があると？」

日下部は、倉田美紀とその家族に起こっている一連の出来事を、育代から聞いて知っているらしかった。

「はい！」

自信を持って須美子は答える。

「え、え、どうして倉田さんちのシズクちゃんと、日下部さんの教え子の方が繋がるの？」

育代は訳が分からないというように、目をキョロキョロと須美子と日下部の顔を往復させている。

「それはですね、たぶんこういうことだと思うんです……」

須美子は少しもったいぶってから、日下部と育代に、これまでの経緯と自分の推理を話し始めた――。

ピンポーン♪　ピンポーン♪

「みーきーちゃん、あーそーぼ！」

健太がチャイムに関係なく大きな声でそう叫ぶと、中から美紀がひょっこりと顔を出した。

「あ、健太くん……お花屋さんにいたお姉ちゃんも！」

須美子は健太と一緒に倉田家を訪れた。

「美紀ちゃん、こんにちは。お母さんいらっしゃる？」

「うん！　ちょっと待っててね。マーマー！」

奥に向かって元気に呼ぶ声が響き、「どうしたの」と晴香がすぐにやって来た。幾分、面やつれしているが、足取りはしっかりしていた。

「あら、あなたは吉田……須美子さん」

「はい、覚えていていただき光栄です」

「おばさん、ぼくもいるよ」

健太はピョンピョン跳んで晴香にアピールした。

「まあ、健太くんも、いらっしゃい。あの……今日は何か？」

「突然お伺いしてすみません。倉田さんに、なるべく早くお話ししたいことがあって、健太くんに無理を言って連れてきてもらいました」

一瞬、困惑した表情を浮かべた晴香だったが「はあ……どうぞ、よかったらお上がりください」と、玄関のドアを広く開けて道を譲り、スリッパを揃えた。

「おじゃましまーす」と靴を脱ぎながら、健太は「おばさん、須美子姉ちゃんは、名探偵なんだよ」と言った。

晴香は少し訝《いぶか》しげな表情で、チラッと須美子を振り返った。

「い、いえいえ、名探偵なんかじゃありません！　やだなぁ健太くんたら」と、須美子は慌てて否定してから、「……ただ、シズクちゃんの予知夢の謎は解明できました」とサラリと宣言してみせた。

「え？」

驚いて須美子の顔を凝視する晴香の目の奥には、複雑な色が見て取れる。

「ママー、このおやつ、健太くんと食べていいー？」と、リビングから美紀の無邪気な声がした。

晴香は何度か瞬きをして振り返り、「いいわよ。ちゃんと手を洗ってからね」と、努めて明るく返事をした。

「はーい！」

美紀は健太を連れて洗面所へ向かった。

「……あ、すみません。どうぞ、えーと、こちらへ」

「失礼します」

晴香が揃えてくれたスリッパを履き、須美子はリビングとは廊下を挟んで向かいにある和室に案内された。晴香は、美紀や健太に聞かせない方がいい話だと察知したのかもしれない。

そのとき、誰もいない隣のリビングから『ポキリトオレテ、ポキリトオレテ』とシズクの声がした。

「ヒッ……」

晴香が息を吞んだ。顔色はあっという間に真っ青になり、立っているのがやっとなほど全身がガクガクと震え出した。須美子は晴香を座布団に座らせて、自分も隣に膝をついた。

「落ち着いてください倉田さん、大丈夫です。心配いりません、あれは予知夢でも予言でもないんですから」

須美子は力強くそう言ってから、目を見てもう一度「大丈夫です」と安心させるよう大きくうなずいた。晴香はそんな須美子を縋《すが》るように見て、細く息を吐き出す。美紀と健太が洗面所からリビングに戻った音を確かめて、須美子は座布団の上に居住まいを正した。

「シズクちゃんは予知夢など見ません。今からそのことを説明させていただきますね」

須美子は、晴香を安心させようと、微笑みながら優しく言った。

「……は、はい……」

「では、ズバリお訊きします。今のシズクちゃん、二羽目ですよね？」

「えっ!!」

口を縦に大きく開けて驚きこわばる晴香の顔は、ムンクの有名な絵のようであった。

「このコに変わってから喋るようになったのでは？」

「ど、どうしてそれを……」と言いながら、晴香はチラッと後ろのリビングに不安げな視線を送った。

「美紀ちゃんには言いませんし、健太くんもこのことは知りませんので安心してください」

「…………」

晴香が完全に落ち着きを取り戻すのを、須美子は笑顔で待った。

「相変わらずかわいいなあ！」「へへへ、かわいいでしょう」

リビングから健太と美紀の楽しそうな声が聞こえてくる。

晴香は大きなため息を一つつき、やがて観念したように話し始めた。

「シズクがうちに来て一週間ほど経った日のことです——美紀が学校に行っている間に、シズクが突然……死んでしまったんです……」

須美子は神妙な顔で黙って晴香を見つめた。

「実は、シズクを飼うことになったのは、一学期の終わりに親友が入院して元気をなくしたあの子のためだったんです。それで——」

晴香はシズクを飼うまでの三か月を須美子に語った。長い間、美紀がいかに落ち込んでいたか、そしてシズクがきて、どれほど元気になったか——。

「そうでしたか……」

「……それなのに、そのシズクが死んでしまったと分かれば、あの子がどれほど悲しむだろう——と、わたしはとっさに、別のオカメインコを買ってくることを考えました」

話し始めると晴香は、心のわだかまりも一緒に吐き出しているのか、次第にいつもの穏やかな表情に戻っていった。

「――そして、ペットショップに、死んでしまったシズクを鳥かごごと持って行ったんです」と、晴香は「ハッピーフレンズ」でのことを話し始めた――。

「いらっしゃいませ、ああ、先日はありがとうございました。あれっ？」

店長の亀山は、晴香が抱えている鳥かごの中に動かないオカメインコがいることに気づいた。

「……今朝までは元気だったんですけど……。あの、うちの娘、お友だちが遠くの病院に入院してしまって、ずっと元気がなくって……でも、このオカメインコを、毎朝毎晩、きちんと世話をして……ようやく笑顔を見せてくれるようになったのに……」

晴香の落ち込みように、亀山は「それは、なんとも申し訳ありませんでした。まだ一週間ですので、もしかしたらこちらにいる間に、何か病気にかかっていたのかもしれません。あらためて、新しいいコを選んでいただけませんでしょうか……」と言った。

「ハッピーフレンズ」には、何十羽という色々な種類の鳥がいて、シズクと同じ品種のオカメインコも数羽、鳥かごの中で可愛らしく首を傾げていた。

だが、左頬に雫形の模様があるオカメインコはいない。

「あの、このコと同じ模様のコはいませんか……左頰の模様が雫形なんです。お代はお支払いしますので……」

「うーん……そういう模様のコは、今ウチにはいませんね。他の店にも聞いてみますので、少しお時間をいただけませんか」

「……分かりました……」


――と、そこまで話し、晴香は一度、リビングのほうに目を向けた。相変わらず、美紀と健太が、シズクについて楽しそうに話している声と、時々シズクの鳴き声が聞こえる。

「――美紀には、健康診断だと言って、とりあえずその日はしのぎました。もし新しい鳥が見つかるのに時間がかかったらどうしようかと思っていたのですが、幸いにも翌日、店長さんから『見つかった』と連絡をいただきました。それが、あのコです」

須美子は席を立って、隣のリビングをそっと覗き、新しいシズクを確認した。毎日、見ている美紀が気づかないのだから、本当にそっくりなのだろう。

「店長さんは、前のオカメインコより少しだけ年をとっていて、いま三歳くらいですけど、大きさはほとんど同じですよって言って、代金を受け取らず、新しい鳥をくださいました」

「……あのコは」

須美子はそこで、晴香の話を遮った。

「――実は別の方に飼われていたオカメインコだったんですよ」

「えっ？」

晴香は一瞬、何を言われたのか分からなかったようだ。

「左頬に雫形の模様があるオカメインコが見つからなかった日、倉田さんがお店を出たあと、佐々木亜希さんという女性がペットショップを訪れたんです。佐々木さんは、十日間ほど仕事で出張に行くことになって、ペットホテルにオカメインコを一羽預けに来たんだそうです」

「……はっ！　まさか、それが」

「はい、あのコです」

「……そんな……」

晴香は今日何度目かの驚きで声を詰まらせ俯いたが、「あっ！　それじゃあ、あの店長さんはその、佐々木さんという方の鳥を、勝手に譲ってくれたんですか？」とすぐに顔を上げた。

「いえ、それは違います」

「え？　じゃあ、いったい……」

須美子は緊張で乾いた唇を軽く湿らせて、続けた。

「店長さんはオカメインコを預かる際、その鳥の左頰に雫形の模様があることに気づいて驚きました。その様子を不審に思った佐々木さんが訊ねたので、店長さんはありのままを説明したそうです。美紀ちゃんという女の子が可愛がっていたオカメインコが突然死んでしまったこと、そのインコには左頰に雫形の模様があったこと、親御さんが先ほど相談にいらしたこと――。話を聞いた佐々木さんはしばらく考え込んでいたそうですが、店長さんが『ああいえ、お客様の鳥をお譲りいただこうとは思っていませんので』と言うと、何も言わず帰られたそうです。ですが、翌日、佐々木さんは『鳥を譲ってもいい』と店長さんに出張先から電話で連絡してきたのだそうです。ただし、相手の方に気を遣わせないために、別のお店で見つかったことにして、自分が譲ったことは明かさないでほしいと――」

「え？　どうして大事な自分の鳥を？」

「佐々木さんは、仕事の都合で急に海外転勤が決まって面倒を見ることができなくなったから――と、店長さんに言ったそうですが……」

「そんな……本当なんですか？」

晴香が須美子に顔を近づけ、真剣に問うその目を見て、須美子は先ほどの花春での育代を思い出した――。

「本当なの？　大事なオカメインコでしょう！」と、育代は大きく目を見開いて須美子に顔を近づけた。うっすらと涙を浮かべている。ピピタロウのことを思い出しているのかもしれない。

「これはあくまで仮説ですが……佐々木さんには、大切な愛鳥を譲ってもいいと思えるくらい、美紀ちゃんに同情……いえ、もっといえば感情移入する理由があったんだと思うんです。例えばミキちゃんという身近な存在……妹さんがいらっしゃるとか……」

「えっ？　美紀ちゃん？　美紀ちゃんは倉田さんのお嬢さんでしょう？」

育代は須美子から顔を離した。

「ええ、彼女とは別のミキちゃんです」と須美子は言ってから続けた。

「思い出してください。シズクちゃんが最初に喋ったのは、『ミキ』でしたよね。それは健康診断の直後、つまり新しいシズクちゃんが倉田家に来て、初日の出来事だったはずです。考えてみれば晴香さんが教えたのだとしても、早すぎますよね」

「……そうね」

オカメインコを飼った経験のある育代は同意したが、「でも、それがどうして佐々木さんに妹がいることになるの？」と首をひねった。

「これはシズクちゃんが『ミキ』と呼び捨てで言ったことからの想像ですが、一つは鳥自身の名前がミキだった場合。そしてもう一つは言葉を教えた人が日常的に傍にいる誰かを

『ミキ』と呼んでいた場合です。昨日、小学校の近くで美紀ちゃんをじっと見つめていた佐々木さんの表情が、なんだか自分の子どもでも見ているみたいに優しげだったんですが――」

須美子は、最初、誘拐犯かと思ったことは黙っておいた。

「でも、昨年まで学生だった佐々木さんに、小学生のお子さんがいらっしゃるとは考えられません。それで妹さんではないかと……」

「おお、そうだ！」

それまで聞き役に徹していた日下部が、珍しく大きな声で割って入った。

「思い出しましたよ。確かに佐々木くんには一回り以上も年の離れた妹さんがいたはずです。そうです！　確か、美しいに希望の希と書いて、美希《みき》ちゃんですよ！　亜希と美希で一文字しか違わないという話を、本人から聞いたことがあります」

「日下部さんすごい！　良く覚えていらっしゃったわね」

育代が目を丸くした。

「自分でも驚きました。須美子さんの推理を聞いていたら、佐々木くんと話していた時の情景がフッと頭に浮かんできて。たしか家庭の事情で妹さんと二人暮らしだったな。若いのに苦労してると思ったものです。……あっ」

「どうしたんです。日下部さん？」

急に口を開いたまま話を止めた日下部に、育代が心配そうに訊ねた。

「……妹さん……美希ちゃんは、佐々木くんが在学中に亡くなったんじゃなかったかな……」

「えっ！　佐々木さんと一回り以上も下の妹さんていったら、まだ十歳にもなっていなかったんじゃ……？」

痛ましい表情の育代に、日下部は続けた。

「確か交通事故だったはずです……。まだ八つくらいだったとか。本人は何も言いませんでしたが、彼女の友だちが話しているのを耳にしましたよ」

「美紀ちゃんと同い年ですね……やっぱり」

須美子は悲しそうな声でうなずいてから続けた。

「美紀ちゃんに、亡くなった妹さんの姿が重なって見えたんでしょうね。同じ名前の美紀ちゃんに、悲しい思いをさせたくなかった。だから佐々木さんは愛鳥を譲ったんだと思います」

須美子がそう言うと、日下部は「そういえば、佐々木くんが黒い服ばかり着るようになったのは、妹さんが亡くなった頃からでしたな……そうか、今もまだ妹さんのことを……」と俯いたあと、「海外転勤だなんて、きっと嘘ですよ。彼女は、わたしが教えていた当時からとても優しい子でした……だから、気を遣わせないようにそんな嘘を吐いたんでしょう……美紀ちゃんのために」と、低い声で続けた。

花春で知った事実を、須美子は晴香に伝えた。

「そうだったんですか……」

晴香は何度かうなずいたあと、「あ、でも」と再び不安げな表情に戻った。

「――佐々木さんがシズクを譲ってくださった理由は分かりました。でも、予知夢は本物なんじゃ？　今はまだ、夫が軽い怪我をした程度で済んでますけど、さっき『ポキリトオレテ』って……」

「大丈夫ですって。絶対に実現しませんから！」

須美子は強い口調で言った。

「……でも……」

「なぜあのコがあんな言葉を喋るのか。その答えは、〝佐々木さんが飼っていたオカメインコだから〟なんです」

「……つまり、あのコが喋っている言葉は、佐々木さんが教えていた言葉ってことですよね。でも、どうして――？」

「ええ、変な言葉を喋ると思ってらっしゃるんですよね。……『ミキ』は亡くなった妹の美希さん自身が教えたのかもしれませんし、亜希さんが呼ぶ言葉を覚えたのかもしれません。じゃあ、『アメフル』、『ツイテクルイヌ』、『スベッテコロンデ』は何かというと――」

須美子は、持っていた買い物バッグから、図書館で借りてきた山頭火の句集を取り出した。

「種田山頭火……ですか？」

晴香は首をひねった。

「はい。えーと、ほらここ、見てください」

須美子はその句集を開いて、差し出してみせた。

『雨ふるふるさとははだしであるく』

晴香は、「これが？」という顔で、須美子の目を見返した。

「こんどはこれ……」

『ついてくる犬よおまえも宿なしか』

「……え、まさかこれ……」

「つぎは……これ」

『すべってころんで山がひつそり』

「!!……全部シズクが喋ってた言葉だわ！」

「そうなんです。実は佐々木さんは、大学で山頭火の研究をしていたんです。しかも卒論が『声に出して楽しむ山頭火の世界』というテーマだったんです。つまり、佐々木さんが読む山頭火の句を、あのコはいつの間にか覚えていただけなんですよ。さっきのも、多分どこかに――」

須美子は、パラパラとページを繰って、「あった」と差し出した。そこには『ぽきりと折れて竹が竹のなか』という句が載っていた。

「――でも、なんで、あのコが朝、喋ったことが、本当に起こったりしたのでしょう……」

「あははは、それは、単なる偶然ですよ」

「え？」

「雨が降ったなんて、単に天気予報が外れただけでしょう？　天気予報なんてよく外れるじゃないですか。それに犬がついてきたのは、もしかしたら勝手について来たんじゃなくて、美紀ちゃんが潜在的に『今日は犬がついてくる』って思っていて、道を歩いていた迷い犬に『おいで』って呼びかけたのかもしれません」

「ああ……。あ、でも、夫は何も知らずに怪我までしたんですよ」

晴香はまだ、完全には納得していないようだった。

「そう、それが一番確率の低い偶然ですね。でもよく考えてみてください。旦那さんは、今まで一度も転んだことはなかったですか？　スポーツ万能で、身軽ですか？」

「……いえ……最近特にお腹が出てきましたし、スポーツは全く……あ、そう言われてみると、よく家の中の何もない所でもつまずいています……」

晴香につられて、須美子も、床の間の違い棚に飾られていた家族写真に目をやった。晴香と美紀と一緒に写っている男性は、ずんぐりとした体型で黄色い熊のキャラクターに似ていた。

「ふふふっ。ですから大丈夫なんです。それに、朝だけじゃなく、さっきもシズクちゃんは喋っていましたし、誰もいない時は、もっと違うことも喋っているかもしれませんよ」

「…………」

青ざめていた晴香の顔から、徐々に不安の色が取り除かれていく。だが、晴香の精神を追い込んだ霧は完全には晴れていないようだ。須美子はふと、別の要因があるのでは――と感じた。

「……もしかして、倉田さんはシズクちゃんが死んでしまったこと、ご主人にも話していないんじゃありませんか？」

「！」

晴香の表情を見て、須美子は大きくうなずいた。

「やっぱり……。心配をかけないように一人で抱え込んでしまっていたんですね」

誰にも相談できない孤独感が、晴香をよりいっそう追い込んでしまったのだ――と須美子は悟った。

「頑張りすぎですよ、お母さん」

須美子は晴香の肩を優しくポンと叩いた。

すると、催眠術から解き放たれたかのように、晴香はビクッと体を震わせ、その目にはみるみる涙が浮かんできた。

須美子は、そんな晴香の目を優しく見つめて、「とにかく、そういうことですので、今日は何も起こりませんから安心してください」と笑って見せた。

涙がこぼれ落ちそうになった晴香は、隣の部屋から子どもたちの笑い声が聞こえた瞬間、母親の顔に戻った。

「あ、いけない、わたしったらお茶も出さないで……」

慌てて席を立ちながら、晴香はごまかすように目元を拭った。

（もう、大丈夫ね――）

「どうぞお構いなく」と言いながら、須美子は愁眉を開いて、再び幸せそうな家族写真に目を向けた。

紅茶を淹れて戻って来た晴香は、「あとで……」と、須美子の前にカップを置きながら言った。

「――あとで美紀にも、本当のことを話そうと思います」

晴香の瞳に、須美子は母親の強さを感じた。

「うわーん!!!」

リビングの床に座り込んで、美紀は近所中に響き渡るような大声で泣いた。赤ん坊の時には夜泣きの近所迷惑を気にしたものだったが、今の声はそれより遥かに大きい。

「美紀、そんなに泣かないで。シズクちゃんに笑われちゃうわよ」

晴香の言葉に一瞬、泣き止んだかに思えた美紀だったが、再開した声は今日生まれた赤ん坊が一斉に泣き出したかのような大音量だ。シズクも、不安そうにその様子を見下ろしている。

「大丈夫よ。最初のシズクちゃんとはもう会えないけど、新しいシズクちゃんが美紀の所に来てくれたでしょ？」

「うっ……ひっく……うえーん」

なかなか泣き止まない美紀に、晴香がほとほと手を焼いていると、シズクが『ピピピピピ、ピピピピ』と今までで一番、大きな声を出した。

「……？」

美紀はピタッと泣き止んでシズクを見上げた。

ピンポーン♪

美紀の泣き声が止み、突然静かになった部屋に、インターフォンが鳴り響いた。

「はい」

晴香は通話ボタンを押し「……はい、すぐ行きます」と応じた。美紀は床に座り込んだまま身体をひねって、母の姿を目で追う。

しばらくして「……ありがとうございました」と言ってドアを閉めた晴香が、パタパタと廊下を駆けるように戻ってきた。

「美紀！　お手紙よ！」

「？」

美紀は「速達」と赤いスタンプが押されたピンクの封筒を受け取った。

住所と倉田美紀様という宛名が大人の字で書かれていた。だが裏を返すと、そこには子どもの字で、木下沙織とあった。

「あ、沙織ちゃんだ！」

「開けてみましょう？」

晴香に促され、美紀は赤い目で「……うん」と言った。

ウサギのシールを剝がし、封筒を開ける。中には、封筒とお揃いのピンク色の便せんが一枚入っていた。美紀は折りたたまれた便せんを開き、読み始めた。晴香もそっと、後ろから覗き込む。

〈みきちゃん元気ですか？　わたしはちょっと元気になりました。プールや夏休みのしゅくだいはいっしょにできなかったけど、びょう気が早くなおるようにがんばるね。だから、またあそぼうね。また、みきちゃんに会いたいです。沙織〕

美紀が手紙を読み終えるのを待っていたかのようなタイミングで、『ピピッ』とシズクが鳴いた。

美紀は手紙を握ってゆっくりと立ち上がり、じっとシズクを見つめた。

シズクも、いつものように首を傾げることなく、正面からじっと美紀を見つめている。

晴香の目には、美紀がシズクと無言で何かを話しているように見えた。

美紀の目に再び涙が溜まり始めた。だが美紀は、唇を噛みしめ精一杯こらえ、シズクに向かってコクッとうなずいてみせた。

涙が一滴、床に落ちた。

「……マ……マ」

美紀は絞り出すように声を出し、もう一度、今度はハッキリと「ママ」と言った。

「……シズクちゃんを……シズクちゃんの本当の飼い主さんのところに返してあげたい」

「……！」

「沙織ちゃん、また美紀に会いたいって言ってくれた。シズクちゃんも、それにシズクちゃんの飼い主さんも、きっと会いたいと思う……。だって、美紀だって、また沙織ちゃんに会いたいもん！」

「美紀……」

いつの間にか我が子が成長していたことを、晴香は実感した。

「……でも、それでいいの？」

「うん、沙織ちゃんだって、病気を早く治すために頑張ってる。だから、美紀も頑張る！」

「!!」

シズクを喪《うしな》い、そしてまたシズクと別れることを選んだ美紀が今、どれほど悲しい気持ちでいるか――。

美紀のことは、他の誰よりも自分が一番分かっている。だからこそ、美紀の言葉は晴香の心を激しく揺り動かした。

気がつけば、晴香は両手で顔を覆っていた。

「……ママ？　ねえ、泣かないで？　ママも悲しいの？　でもね、シズクちゃんの飼い主さんも、シズクちゃんとお別れして悲しいと思うよ」

「うんうん……」

晴香はわが子を抱きしめ、涙が止まるのを待った。

「そうですか……。美紀ちゃんも、亜希さんに負けず劣らず優しい子ですね！」

「ええ、わたしもびっくりしました……子どもって、親が思っているよりずっと大人なんだなって、反省させられました」

13

翌日、花春で会った晴香は、須美子に晴れ晴れとした表情で言った。育代は須美子の後ろで、ハンカチで目頭を押さえたまま、ずっと「うんうん」とうなずいている。

「……あ、そうだ！　それなら、亜希さんに返す前に、美紀ちゃんとお母さんにご提案があるんですけど！」

一週間後の日曜日、須美子は美紀と一緒に、佐々木亜希のマンションを訪れた。亜希の住所は日下部が調べてくれた。まだ大学に残っている学生の中に亜希の友人がいて、日下部が事情を説明すると、二つ返事で教えてくれたそうだ。

キンコン♪　キンコン♪

「すみませーん、ペットショップからのお届け物でーす」

ガチャリと開いたドアから、黒い服を着た亜希が顔を覗かせた。

「シズク！……」

亜希は驚いた表情で、須美子が抱える鳥かごのシズクに釘付けになった。一方の須美子も、亜希がオカメインコを「シズク」と呼んだことに驚いた。

(同じ名前をつけてたんだ……)

亜希に名前を呼ばれたシズクは首を傾げて『ピピピッ』と鳴いたあと、『オネ……チャン……アリ……ガト』と覚えたての言葉を片言で喋った。

「……!!!」

亜希は、ますます目を見開いて、口をぽかーんと開けたまま、久々に会ったシズクを凝視し続けた。

「すごいわシズクちゃん、こんなにタイミングよく喋るなんて！　この子ってやっぱり天才なんじゃないかし……あっ」

一人で興奮していることに気づいた須美子は、慌てて亜希に「えーと、この言葉を教えた人を紹介しますね」と鳥かごを抱えたまま一歩下がった。須美子が、ドアの裏側に手招きをして場所を譲ると、ドアの陰から美紀が、ちょこんと顔を覗かせた。

「えっ!!　ミキちゃん……」

「お姉ちゃん……あの……」

美紀は固まってしまった。亜希も口を開けたまま、なんと言っていいのか分からないでいる。

二人ともそれぞれ、次の言葉が出てこないまま見合って一分ほどが経過した。シズクも我慢強く、二人の次の言葉を待っているように見えたが、須美子は堪りかねて二人の間に進み出た。

「佐々木さん、驚かせてしまってすみません。わたし、吉田須美子と言います。佐々木さんがこちらの倉田美紀ちゃんにシズクちゃんを譲ってくださったそうですね。ペットショップの店長さんを問い詰……あ、えっとお願いして、教えていただきました。美紀ちゃんのお母さんからも、よろしくお伝えくださいって言われてきました。美紀ちゃんは、自分でお礼に行きたいって言って、一緒に来たんです」

須美子はその場を仕切るように一気に説明した。

「……わ、わたしは何も……いったい、な、何を……」

亜希は取り乱しながらなんとか取り繕おうとしたが、須美子は優しく笑って「大丈夫、もう美紀ちゃんもすべて分かっていて、シズクちゃんをお姉さんのもとに返したいそうですよ」と言った。

「えっ！……で、でも……わたし、もうシズクのことは……」

「海外転勤なんて嘘ですよね？」

「…………」

「帝都大学の日下部先生も、あなたは優しい嘘をついたんだろうって言ってましたよ」

「……日下部先生が？」

須美子は自分と日下部の関係を話し、商店街の近くで亜希が美紀ちゃんを見守っていた姿を目撃したこと、そして、美紀のところにきた新しいシズクが、山頭火の句を喋るようになったことを伝えた。

「そうでしたか……そう……ですよね、ミキちゃんちでそんなことをシズクが喋ったら、おかしいと思いますよね……」

亜希は小さなため息をつき、自分の飼っていたシズクだということを認めた。

「あの……」

美紀が消え入りそうな小さな声で言った。

「……？」

亜希はしゃがみ込んで美紀に目線を合わせた。

「……あの……あのね……」

美紀が一生懸命、何かを伝えようとしている。須美子も亜希も、何も言わず次の言葉を待った。

「……シズクちゃんは……お姉ちゃんと一緒にいたいと思います。だから……だからお姉ちゃんにシズクちゃんを返しに来ました」

美紀は涙をこらえて言い切った。

「……ミキちゃん」

美紀がこの決断をするのに、どれほど小さな胸を痛めただろうと考えると、亜希は急に涙がこみ上げてきた。だが、美紀が頑張っている姿に応えるため、「ありがとう」の言葉を絞り出し、奥歯をグッと噛みしめた。

「……でも……」

美紀はまだ言いたいことがあるようだった。

「……でも……また、シズクちゃんに会いたいので、お姉ちゃんちに遊びに来てもいいですか？」

そう言って美紀は、不安そうに亜希の目を覗き込んだ。

その小さな瞳を、亜希の大きな目が優しく見返す。

「もちろん……大歓迎よ！」

亜希はたまらず美紀の小さな体を愛おしそうに抱き寄せた。須美子も、満ち足りた気持ちで二人を見守った。

「……あら」

シズクの目は気持ち良さそうに閉じていた。「眠っちゃったのかしら……」須美子が鳥かごの中を覗き込むと、目を開けたシズクが突然、喋った。

『マタアエタ、マタアエタ』

「わっ、ビックリした」

シズクの言葉に、美紀は背伸びをして、亜希も立ち上がって鳥かごを覗き込んだ。

「佐々木さん、これも山頭火の俳句ですか？」

「ええ、『また逢えた山茶花も咲いている』というのがありますけど……」

「やっぱり！　シズクちゃん、すごいわ。そうよね、佐々木さんとまた会えたわね」

そう言って須美子は何度もうなずき、「――でも、偶然でしょうけど、さっきのも今のも、まるで自分の意思で喋っているみたい」と、小さなシズクに舌を巻いた。

「……でも、どうしてかしら。卒論には使わなかった句なので、この『また逢えた』は一度も家で口にしたことがないと思うんですけど……」

「えっ……じゃあ、妹さんが教えたんでしょうか？」

須美子は首をひねった。

「それはないと思います……妹が山頭火の句を読んでいたことなんてなかったはずですけど……」

「……じゃあ、いったい」

須美子と亜希は無言で見つめ合う。

「どうしたのお姉ちゃんたち？」

美紀が二人の顔を心配そうに代わる代わる見上げた。

亜希は慌てて、「ううん、なんでもないの。そうだ、ミキちゃん、お菓子でも食べよっか？」と誘った。

「うん！　お姉ちゃん、シズクちゃんのもある？」

「ふふふ、大丈夫よ。あ、吉田さんもどうぞ上がってください」

亜希は須美子からシズクの鳥かごを受け取り、美紀をうながし奥のリビングへ向かう。

（……もしかしたら、今度こそシズクちゃんは予知夢を見たのかもしれない）

須美子は柄にもなくメルヘンチックなことを考えた。それは、亡くなった佐々木美希と、倉田家で一週間大切にされて旅立ったシズクが、天国で巡り逢う夢。そのシズクは、美希の知っているシズクではなく、ミキはシズクの知っている美紀ではない。それでも互いに抱いた感情は同じ――。

『マタアエタ、マタアエタ』

「――須美子お姉ちゃん早く！」

美紀に呼ばれ「はーい」と答えた須美子は、リビングの入口で元の鳥かごに移されたシズクに話しかけた。

「わたしの見る夢も同じよ、シズクちゃん」

須美子の言葉に、シズクは嬉しそうに羽を広げて見せた。その姿は、まるで天使のように須美子の目に映った。

第四話　月も笑う夜

1

「恥ずかしくないのかしらねえ」

買い物を終えた吉田須美子が花春へ向かう途中、女性の声が耳に飛び込んできた。声の調子からすると、五十代くらいだろうか。チラッと視線を走らせると、商店街にあるスーパーの前で、二人の女性が立ち話をしている。口元に手を当て、当人たちはヒソヒソと話しているつもりなのだろうが、赤い眼鏡を掛けた女性の声はとりわけ大きく、道の対岸を歩く須美子にもハッキリと聞こえる。

(どっちが恥ずかしいのよ、いい年した大人がこんなところで他人の噂話なんてして……)

顔を背けて通り過ぎようとすると、聞き捨てならない言葉がまたも耳に飛び込んだ。

「いいお年でしょ、花春さん――」

「！」

須美子が驚いて思わず振り返ると、二人組の女性は肩を並べてスーパーの店内に入っていくところだった。

(……なんなのかしら)

気になりながらも、まさか追いかけて問い質すわけにもいかず、そのまま須美子は花春へと向かった。

「あら……」

十メートルほど先、花春の店の前に日下部亘の姿が見えた。中折れ帽に同じ茶系のジャケット。いつもノーネクタイで気取らないが、でもさりげなく上品でお洒落なスタイルだ。

「くさか──」

声をかけようとしたところで、須美子は思いとどまった。どうも様子がいつもと違う。日下部は入口のドアへ伸ばした手を引っ込める仕種を二度繰り返した。明らかに入るかどうか逡巡している。須美子が立ち止まって様子を見ていると、やがて日下部は大きくため息をついて首を振り、須美子とは反対の方向へと去っていった。

(日下部さん、育代さんと何かあったのかしら?──)

須美子は日下部の姿を見送ってから花春のドアを開けた。

「こんにちは」

「……あ、須美ちゃん……」

口元は笑っているが、小松原育代の声にはいつもの張りがない。

「元気がないみたいですけど、どうかしたんですか?」

「え?　ううん。なんでもないのよ」

「でも……」

「あ、須美ちゃん美味しいお菓子があるわよ」

須美子の追及をはぐらかすように言って、育代は店の奥に入って行った。

しばらくして、育代はカラフルな缶に入ったクッキーと紅茶を運んできた。「食べて、食べて」と椅子を勧めてから自分も座ると、まるで須美子に話す隙を与えまいとするかのように、昨日見たテレビの話題と「美味しいでしょ」のセリフを機関銃のように繰り返した。

2

翌日、商店街で木村兄弟の弟・健太を見かけた。すぐに健太も須美子に気づいたようだ。

「あ……」

一瞬、嬉しそうな表情を浮かべた健太だが、ハッとして急にくるりと向きを変えた。

「あ、健太くん！」

健太は須美子の声を無視して、元来たほうへ走っていってしまった。

「……どうしたのかしら」

なんだか自分が避けられたような気がして、須美子は首を傾げる。

だがすぐにモヤモヤした気持ちを振り切って、花春へと急いだ。昨日の育代の様子がずっと気になっていたのだ。

「こんにちは」と花春のドアを開けると、須美子の声が聞こえていないのか、育代は店の奥の机でぼんやりと手元を見ていた。須美子は育代のすぐ近くまで行って、もう一度声をかけた。

「育代さん?」

「あ、須美ちゃんいらっしゃい」

驚いたように顔をあげた育代がパタンと閉じたのは、アルバムのようだった。

「育代さん、それって?」

「え、あ……うん。これね、昔のアルバム……ここへ来てからの、一冊だけの家族のアルバムなの」

淋しそうな笑みを浮かべて、育代は赤いアルバムの表紙を愛おしそうに撫でる。

「そうですか……」

育代は若くして夫を亡くしている。須美子は言葉が見つからず、アルバムの上を行き来する育代の指先を目で追っていた。

「……見る?」

しばらくの沈黙のあと、育代がおもむろに訊ねた。

「えっ？　いいんですか？」

「ええ、須美ちゃんならね」

さあ、座って――と、自分の隣に椅子を寄せ、育代は先ほど閉じたアルバムを一ページ目からもう一度開いた。縦横三十センチくらいの大判のアルバムには、片面に三、四枚の写真が収められている。そこには若き日の育代の笑顔が溢れていた。ニコッという音が聞こえてきそうな、幸せを絵に描いたような表情で、見ているこちらまで笑顔になる。

「わあ、育代さん若い！　お顔が……お肌がピチピチですね」

二十代の頃と思われる育代の写真を見て、須美子は一瞬、出かかった言葉を飲み込んで言い直した。

今も丸顔の育代だが、若い頃の写真はショートカットの髪型のせいか、さらに顔の丸さが際立っている。

「顔がパンパンで、まん丸でしょう？」

心の中を育代に言い当てられ、動揺した須美子は慌てて言葉を探す。

「え？　あ、でも若い頃ってみんなそうですよね。えーと、張りがあるというか……」

「いいのよ須美ちゃん。フォローしてくれなくても」

苦笑しながら育代は「自分でもそう思うから……」とわざとらしくため息をついてみせた。

話題を変えるために次のページを見ようと思った須美子だが、慌てたせいで、何枚か一気にページをめくってしまった。開かれたページは、色々な角度から見た灰色のオカメインコで埋めつくされていた。顔は黄色で、頬に赤い模様がある。

「あ、これが噂のピピタロウくんですね？」

「そうよ、かわいいでしょう」

育代は最前の淋しげな表情とは打って変わって、デレッと締まりのない顔になった。

「かわいいですね。――これ、このお店で撮ったんですか？」

どの写真もピピタロウの背景にたくさんの花が写っている。

「ええ、そうよ。見て須美ちゃん、このつぶらな瞳に凛々しいクチバシ。ピピタロウって、ほんとハンサムよね……」

育代はウットリとした表情で写真に見入っている。

「ええ、本当ですね――」

正直にいえば、須美子には他のオカメインコとの違いがよく分からなかったが、とりあえず話題が変わったことにホッと胸を撫で下ろした。それからひとしきりピピタロウの自慢話を聞いて、飛ばしてしまったページに戻ると、そこには二十代の育代と、同年配の男性が並んで写っている。満面の笑みを浮かべる二人は、とても幸せそうだ。

「この方がもしかして……」

「ええ、亡くなった夫よ」

写真に目を向けたまま、穏やかな表情で育代は言う。写真の中の人物も、育代に似た、人の好さそうな笑顔でこちらを見ていた。

「とっても優しそうな方ですね。あ、この花はなんですか？」

夫婦の間に、白い鉢に植わった淡いピンク色の花が咲いている。

「月見草よ。あの人が大好きだった花なの」

「あれ、月見草って黄色い花じゃなかったでしたっけ？」

「たぶん須美ちゃんが思ってるのは待宵草《まつよいぐさ》よ。結構たくさんの人が間違って覚えているのよね。夫が生前、『あの太宰治も間違ってたんだ』なんて得意げに言ってたわ。ホントかどうか分からないけどね」

「へえ、そうなんですか。わたしも小さい頃からあの黄色い花が土手や空き地に生えているのを見て、月見草だって思ってました」

須美子はゆっくりとアルバムをめくっていく。どのページの写真も、花とピピタロウがメインで、時折、育代夫妻が登場する。

(育代さん、最初の頃より少し痩せてきてるわね)

そんなことを思いながら、須美子は残り少なくなった写真を一枚一枚、丁寧に見た。

そしてアルバムの最後のページには、一枚だけ、初老の女性の写真があった。口元を引き締め横を向いていて、少しキツい印象を受ける。

（お姑さんかしら……）

育代は何も言わず遠い目で写真を眺めていた。まるで、写真で切り取られた風景の外側を、その写真の中に入り込んで五感で思い出しているかのようだ。

育代は今の須美子と同じ、二十七歳の時に花春に嫁いできたそうだ。そしてすぐに夫と死別した。わずか一年半の結婚生活だったと、以前、育代から聞いたことがあったが、たった一冊しか作ることのできなかったアルバムに、須美子は二人の過ごした時間の短さを思い、胸がしめつけられた。

アルバムを閉じたとき、ふと須美子は道路に面した窓から視線を感じた。目を向けると、人影が動いた気がした。須美子はなんとなく、その人影が日下部ではないかと思った。

「素敵なお写真をありがとうございました。あの、ちょっと用事を思い出したので今日はこれで。育代さん、お邪魔しました」

「うん。またね、須美ちゃん」

須美子は笑顔を取り戻した育代に半分ホッとしつつ、一方で昨日から元気がなかった理由を聞けなかったことに、喉に小骨が刺さったようなもどかしさを感じながら店を出た。

花春を出てすぐに、須美子はキョロキョロと左右を見渡した。だが、日下部の姿はどこにも見当たらなかった。

「……見間違いだったのかしら」

首を傾げた須美子の鼻を、どこからか漂ってきた揚げ物のいい匂いがくすぐった。

「あ、そうだ。昨日、坊っちゃまからコロッケのリクエストがあったんだった」

須美子の目は商店街の先にある鳥丸精肉店に向けられた。


「お、今日はコロッケかい？　いいねえ」

光彦は両手を擦り合わせるような仕種でダイニングテーブルに乗った皿を見渡した。

「昨晩、坊っちゃまがリクエストなさったじゃありませんか」

「そうだっけ？」

「はい。『煮物や魚もいいけどたまには揚げ物が食べたいな』っておっしゃって、『雅人もコロッケ食べたいよな』って雅人坊っちゃまのせいにして……。大奥様も雅人坊っちゃまが食べたいと言えば了承することを、見越していらしたんですよね？」

「ははは、ばれてたか」

「もちろんです。雅人坊っちゃまも『ぼくも食べたいなあ』って話を合わせていらっしゃいましたけど」

「うん、でも雅人は僕に合わせたというより、自分もコロッケが食べたかったんじゃないかなあ。我が家は母さんを気遣って夕食は純和食のメニューが多いだろう。だから、子どもたちが食べたがっているものを僕が代弁してやったんだよ」

「じゃあ坊っちゃまは、本当は別にコロッケを食べたいと思っていなかったんですね？　残念です。今日のコロッケ、牛肉コロッケとクリームコロッケの二種類あるんですけど、坊っちゃまだけ純和食をご用意しましょうか？」

「いやいや、それにはおよばないよ。忙しい須美ちゃんに、これ以上手間をかけさせるのは申し訳ないからね」

「あら、わたしはちっとも構いませんよ？」

「……須美ちゃん、そんなに意地悪しないでよ」

「ふふ、冗談ですよ」

そんなやりとりをしながら須美子は、浅見家に来たばかりの頃のことを思い出していた。

須美子が浅見家に住み込みのお手伝いとしてやって来たのは十八歳の春、今から九年前のことだ。大奥様と警察組織の要職に就いている長男、その奥様と二人の子ども、そして次男と、今はいない長女と次女の八人家族。今どき、都会では珍しい三世代同居の大所帯だ。

なんとかなると思って働き始めたものの、最初は緊張と不慣れなことばかりで、失敗の連続だった。そんなとき、六つ年上の浅見家の次男坊・光彦には幾度となく助けてもらった。

いや、さりげなく助けられていたと分かったのは、ずいぶんあとになってからだった。

須美子が料理の味付けをしくじって、大奥様から「今日はちょっと味が濃すぎたわね」

と言われた時もそうだった。

「僕はこれくらいのほうがパンチがあって好きだなあ。そういえばお母さん、関西のうどんって、色が薄いせいで薄味だと思われていますけど、このあいだ、四国で食べたうどんは透き通ったおつゆに、しっかり出汁の味が出ていて本当に美味しかったんですよ。ああ、お母さんにも食べてもらいたかったなあ」

「光彦、箸を動かしながら話すんじゃありません。お行儀の悪い」

「すみません」

いつもそんなふうに場の空気を変えてくれた。

そういえばあの時も、この時も――と、次々と思い出し笑いをしている須美子を、お腹を空かせた光彦は不思議そうな顔で見ていた。

3

次の日、いつもの時間に買い物に出た須美子は、商店街で倉田晴香と美紀の親子を見かけた。八百吉青果店の店頭で、晴香が品物を受け取って、美紀は母親の傍に佇んでいる。

須美子が笑顔で呼びかけようと思ったそのとき、目が合った美紀が「あっ」と両手で口を覆い目を真ん丸にして母親の陰に隠れた。

「?」

須美子は美紀の様子に、出かかった「こんにちは」を引っ込めた。

娘の視線の先を見て須美子に気づいた晴香が笑顔になり、何か言おうとしたのを、「ダメ、ママ!」と美紀が制し母親の手を強引に引っ張る。晴香は困ったような笑みを浮かべながら須美子に会釈し、娘に手を引かれて歩いて行く。須美子は会釈を返しながら、首を傾げた。

(そういえば、昨日の健太くんも変だったけど、わたし何か悪いことでもしたかしら……)

理由が分からず須美子は少し淋しい気持ちのまま、必要な買い物を続けた。

すると、ドラッグストアの入口から、聞き覚えのある女性の大きな声が聞こえてきた。一昨日、スーパーの前で『恥ずかしくないのかしらねえ』『いいお年でしょ、花春さん――』と話していた赤い眼鏡の女性だ。

「――ねえねえ奥さん、聞きました?　あの花春さんの話。もう還暦が近いっていうのに、お店に男性を連れ込んでるんですってよ」

昨日とは違う相手に喋っている赤眼鏡の女性は、後ろで一つに束ねた髪、モノトーンのワンピースに黒のジャケットを羽織り、ハンドバッグとハイヒールは白で、大きめのイヤリングをしている。きれいにお化粧もしているし、体型もスラッとしていて、一見したところ意識高い系インテリマダム風ではあるが、言っていることもやっていることも、まるで品がない。

(花春さんって……やっぱり、育代さんのことなの……?)

育代はたしかに還暦に近い年齢ではあるが、純粋で真面目で、『男性を連れ込んでる』などという淫らな噂話からはほど遠い人物だ。なにかの間違いではないかと、須美子が立ち止まって耳を傾けるとマダムは得意気に続けた。

「相手はね、あんな花屋とは釣り合わない、洒落た帽子を被った髭の素敵な紳士らしいんですけどね――」

(間違いない!! 育代さんと日下部さんのことだわ!)

須美子は一瞬カッとなって文句を言おうと足が出かかったが、唇を噛んで踏みとどまり、気息を整えてからその場を立ち去った。

どうすべきか考えながら商店街に歩を進めていると、すれ違う人も馴染みの店主たちも皆が、須美子を見てヒソヒソと話しているような被害妄想に囚われた。

(まさか、健太くんや美紀ちゃんもこの噂のせいで……?)

だんだんと歩く速度が遅くなり、須美子は立ち止まった。

空を見上げると、今の須美子の心と同じようにどんよりとした雲が垂れ込めていた。今にも泣き出しそうな空だ。

（でも、何も悪いことをしているわけじゃないんだから）

背筋を伸ばし、須美子は花春を目指して歩き始めた。


花春に入ると、育代が頭を抱えるようにしてテーブルに突っ伏しているのが見えた。

「育代さん！　大丈夫ですか！」

須美子は慌てて駆け寄りながら声をかける。

「……あ、須美ちゃんいらっしゃい。大丈夫よ、単なる寝不足だから」

顔を上げて、育代は眠そうな目をこすって微笑んだ。須美子はその言葉に安堵しつつも、

「寝不足って……何かあったんですか？」と訊ねた。

「……うん、あのね、昨日アルバムを見ていたでしょう」

「はい」

須美子はテーブルの上に置かれたままの赤いアルバムに視線を落とす。

「あのあと、昔のことを思い出しちゃって、そのことを考え始めたら眠れなくなっちゃったの……」

育代は昨日と同じように大事そうにアルバムを撫でた。須美子には想像しかできないが、何十年経とうと、たとえ相手が手の届かないところへ行ってしまったとしても、夫婦のお互いを思う気持ちは形を変えて生き続けるのかもしれない。

「春彦《はるひこ》さんが……あ、夫の名前なんだけど……最後に言い遺した言葉がね……」

「えっ？」

突然の話に、須美子は息を呑んだ。

「交通事故で病院に運ばれて……わたしが駆けつけた時は危ない状態だったの。でも、亡くなる間際にほんの短い時間だったけれど意識が戻ってね。目を開けて、ボソッと喋ったの……」

須美子は育代の目を真っ直ぐに見つめたまま、言葉の続きを待った。

「『笑う月』って」

「？」

思いもよらない言葉に、須美子は首を傾げる。

「そのあと、すぐに意識が亡くなって、そのままね、息を……ひきとったの」

育代の口元は笑っているようにも見えたが、うっすらと目に涙を浮かべていた。

「……それからね、色々と……本当に色々とあって、気づいたら一年、二年と過ぎて行って、いつの間にかね、その言葉を忘れてたのよね……」

ポタッとアルバムの上に落ちた涙を育代が慌ててエプロンで拭く。須美子は育代の顔から目を逸らした。

「……あ、ご、ごめんんね。須美ちゃん、変な話をしちゃって」

「……いえ」

「そうだ！」育代はエプロンで目頭を強く押さえたあと、充血した目で続けた。「名探偵の須美ちゃんなら、この謎が解けるんじゃないかしら！」

「えっ！　わたしは名探偵なんかじゃないって、いつも――」

須美子は育代の顔を見て言葉を止めた。いつものように笑みを浮かべてはいるが、その目は真剣そのものだった。

「お願い、須美ちゃん。あの人が言った『笑う月』って、どういうことなのか調べてほしいの。最後に何を言いたかったのか……そうじゃないとわたし、くさ――」

おそらく日下部の名前を口にしようとして思いとどまった育代に、須美子は何も言えなくなった。技術も知識も経験もない自分に、本物の名探偵みたいな役回りが務まるとは到底思えない。しかし、若くして亡くなった夫の最後の言葉が意味不明のままでは、育代が新たな一歩を踏み出せないという気持ちもよく分かる。

「ちょっと……考えさせてください」

これがこの日、須美子が熟慮の末にひねり出した答えだった。

どうしよう……と考えても名案が浮かばぬまま、花春で今日最後の買い物を終えた帰路、須美子は弘樹と健太の兄弟を見かけた。その距離十メートル。須美子は足音を忍ばせて背後からそっと近づいた。

「あっ」

先に須美子に気づいた弘樹は、すぐに駆け出していった。兄が走って行くのを驚いたように見送っていた弟の健太も、ようやく背後に迫った須美子の姿に気づき慌てて駆け出そうとした。だが、その時にはもう、健太の小さな手は須美子に捕まっていた。

「……ねえ、健太くん。ちょっと聞きたいことがあるんだけど」

「………」

逃げるのを止め、うなだれる健太の手を、須美子は放した。

「健太くん、もしかして……」

「ぼ、ぼく！　叱られるから……須美子姉ちゃんと話しちゃダメなんだ！」

そう言って、健太は泣きそうな顔で駆け出した。

「えっ」

健太の言葉にショックを受けた須美子は追いかけることもできず、必死で走り去る健太の後ろ姿を呆然と見送った。

4

「おはよう須美ちゃん」

　翌朝、珍しく早く起きてきた光彦が、朝食の仕度ができる前にダイニングに顔を覗かせた。

「おはようございます、坊っちゃま」

「あ、その顔は——僕がこんなに早く起きてくるなんて今日は雪でも降るんじゃないかと思っているんだろう？　十二月に入ったとはいえ、さすがに東京じゃあまだ雪は降らないと思うよ」

「そうですね……雨くらいは降るかもしれませんけど」

　いつもと変わらぬ光彦の脳天気な笑顔に、須美子は軽口で応じながら、少しだけ心が落ち着きを取り戻すのを感じていた。

　須美子は昨日、浅見家の勝手口を入ってからは努めて平静を装い、夕飯の支度をし後片付けをした。それから、お風呂の準備をして、家人が済んでから自分も入って掃除をして——と、いつもの行動を淡々となぞった。だが、布団に入ると、色々な感情が渦を巻き、とりとめもなく様々な出来事を思い出してしまう。胸の奥に刺さったままの健太の言葉が、チクチクと痛み、なかなか眠りにつくことができなかった。

しっかりしなくちゃ――と自分に言い聞かせ、須美子は胸の裡《うち》を覚られないよう光彦を正面から見据えた。光彦は出掛ける時の一張羅、白いブルゾンを着て、茶色のカバンを肩から下げていた。

「朝早くからお出掛けですか？」

「ちょっと静岡までね、夕食の時間には間に合うよう帰ってくるから」

「そうでしたか、昨日おっしゃっていただければ、朝食を早めにご用意しておきましたのに」

「いいんだ、取材の途中でなんか食べるから」

朝食の心配をする須美子に、さりげなく趣味の探偵ごっこではなく本業のルポライターの仕事なのだと宣言するよう「取材」という言葉を強調しながら、光彦は玄関へと向かった。

「ところでさ、何かあった？」

玄関まで見送りに出た須美子に、靴を履きながら光彦の背中が訊ねた。

「えっ？」

「いや、気のせいかも知れないけど、なんだか昨日から元気がない気がしてさ。大丈夫かい？」

その言葉で、須美子の胸の痛みはすっと軽くなった。

「いえ、なんでもありませんよ」

須美子は笑顔を作って見せた。

「そう？　じゃあ行ってくるね」

「いってらっしゃいませ、お気をつけて」

単純なもので、須美子は眠れないほどの悩みも胸の痛みも雲散霧消し、朝食の支度に精を出した。

（そういえば、育代さんの亡くなったご主人は春彦さんだったわね。春彦と光彦、ちょっと名前が似ているのね。——そうだ、坊っちゃまみたいな〝名探偵〟にはなれないけど、育代さんのために、わたしにも何かできることがあるかもしれない）

須美子は心の中で決意を固めた。


午後、商店街へ買い物に出掛けると、ドラッグストアの入口近くで日下部が女性と立ち話をしていた。歩を緩めると、須美子は女性のほうにも見覚えがあることに気づいた。

（あ、あの人！）

日下部が話しているのは、昨日も見かけた例の赤い眼鏡の女性だった。須美子は思わず、近くの電柱に身を隠した。

（どうして日下部さんが、あの人と……）

須美子は見つからないよう、日下部の背後からそっとドラッグストアに近づいた。

「——十二月にしては暖かい日ですね」

「ええ、本当ですわ。ふふふ」

赤い眼鏡の女性の声はいつものやかましい調子ではなく、まるで甘える猫のようだ。

「そういえば梶山さんはどう思いますか？」

「何をですか？」

梶山というらしいその女性は、上目遣いで小首を傾げる。その仕種に須美子は不快な気持ちが湧き上がった。日下部との距離が近いのも気に入らない。

（日下部さんったら、育代さんという女性《ひと》がありながら……）

須美子は息を詰めて二人の会話に耳を澄ました。

「わたしはね、コソコソと他人の噂話をする人が大嫌いなんですよ。梶山さんもそう思いませんか？」

「えっ！」

女性の表情が一瞬固まった。

「どうかしましたか？」

日下部に問われて、慌てて「ほ、ほんと、いますわよねえ、そういう陰険な女」と梶山女史は口を拭って涼しい顔をしたものの、それはやぶ蛇だった。

「ああ、いえ、女性とは限らないんですけどね」と中折れ帽を押さえてうっすらと笑う日下部に、いつもと違う凄みのようなものを須美子は感じた。

（日下部さん、もしかして怒ってる……？）

「え？　あ、ああ、そうですわよねえ、おほほほ」

「いやあ、梶山さんはそういう方でないことは承知していますが、最近、うちの学生から相談を受けましてね。賛同していただけてホッとしました」

「あ、ああ、教え子の方のお話でしたの。あ、わたくし、このあとお友だちとお茶のお約束をしておりますので、し、失礼しますわ」

梶山は逃げるように早足で去って行く。その姿を見て、須美子は知らず知らずのうちにガッツポーズをしていた。

「日下部さん」

後ろから声をかけると、驚いた様子で日下部が振り返る。

「ああ、須美子さん」

「格好良かったですよ」

「……なんのことです？」

一瞬間を置いて、日下部はいたずらっぽい笑みを浮かべた。もうすっかりいつもの優しい表情に戻っている。

「いえ、なんでもありません。今の方はお知り合いなんですか？」

「ええまあ、梶山さんとおっしゃって、以前、わたしが講師をつとめた市民講座に参加してくださったことがあるんです。住まいがこの近くだそうで、何度かこの通りで声をかけられたんです」と言ってから、続けて「それだけの方です」と笑った。

男女の機微には疎い須美子にも、梶山女史が一方的に日下部に思いを寄せて、恋敵の育代の悪評を流し、それを知った日下部が梶山女史に釘を刺したのだろうことは想像に難くなかった。

「日下部さんも、このあと花春に行きますか？」

「いえ、実は大学に呼び出されて、戻らなければならないのです」

顔をしかめて日下部は本当に残念そうに言う。

「そうですか……」

「育代さん……に、よろしくお伝えください」

育代の名前を言うとき、ほんの少し日下部の声が揺れたことに、須美子は気づかないふりをした。

「こんにちは」

「いらっしゃい」

久しぶりに笑顔で迎えてくれた育代だが、よく見ると目の下には隈がある。人のことは言えないけれど、心配をかけないよう痩せ我慢して笑っているんだろうな――と須美子は見るに忍びなかった。

「さっき日下部さんとお会いしましたよ」

「……あら」

育代が短く若やいだ声を上げた。

「でも今日は大学に戻らないといけないので、こちらには来られないんですって。育代さんによろしくお伝えくださいと言付かりました」

「そう」と言ったあと、育代は「……そうよね」と淋しそうに笑った。

その反応に須美子は、先日来、元気がなかったのはあの噂が育代の耳にも届いてしまったせいではないだろうかと鬼胎を抱いた。もしそうなら、それが日下部がここへ来ない理由だと考えてもおかしくはない。そして、育代の性格なら、日下部のために自分が身を引いた方が――という結論に達しかねない。しかも今、育代は亡き夫の遺した謎の言葉を思い出し、心が揺れているはずだ。

（よしっ！）

須美子は心の中で気合いを入れてから「育代さん、わたし『笑う月』の謎の解明に挑戦してみます！」と高らかに宣言した。

「えっ、本当⁉　ありがとう須美ちゃん！　あ、調査費用は前払いよね。いくらお支払いすればいいのかしら？」

真剣な顔で店のレジに向かう育代に、須美子は慌てて「必要ありませんから！　わたし探偵じゃありませんし、費用がかかるような調査はできませんよ」と断った。

「でも……本当に甘えちゃっていいのかしら……」

「育代さん、こんな時くらい甘えてください。それともここで毎回、わたしがお茶やお菓子をご馳走になっている費用をお支払いしましょうか？」

「それは！　わたしが好きで出してるだけだもの」

「それと一緒です。わたしも好きで、『笑う月』の謎を解明してみたいと思っているだけなんですよ」

「………」

「でも、絶対に解き明かせる自信もありませんので、ダメだったらその時はごめんなさい」と笑いかけると、ようやく育代は「そんなの気にしないで……じゃあ、あらためてお願いします」と頭を下げた。

「はい！」

力強くうなずいてから「では、さっそくお聞きしたいのですが、あの……」と、須美子が言い淀むと「大丈夫よ。なんでも聞いてちょうだい」と育代は先回りして促した。

「ありがとうございます。では、まずご主人様の――」

「春彦さんでいいわよ須美ちゃん」

「はい、では春彦さんがお亡くなりになった時のことを詳しく教えてください」

「春彦さんが亡くなったのは二十九年前、今度の春でちょうど三十年。桜が綺麗だった四月一日の夜、春彦さんが一人で近所のお得意様のところへ、お花を届けに向かっている途中だったわ。横断歩道を渡っているとき信号無視の車にはねられたの。時間は午後八時頃。すぐに救急車が来たのだけれど、全身を強く打っていて、運ばれた飛鳥山総合病院でその夜のうちに息を引き取ったわ」

育代は淡々と事実を並べ、ここからほど近い大きな救急指定病院の名前を告げた。

「午後八時……あっ！　じゃあ、そのとき、病室から月は見えましたか？」

「えっ？」

夜ということを知って、須美子の頭には一つの風景が浮かんでいた。

「もしかしたら、病室から見えた三日月が、夜空で笑っている口のように見えたんじゃないかと思いまして」

我ながら幼稚な発想だが、子どもの頃、実際にそう見えたことがあったのを須美子は思い出していた。

「なるほど！　さすが須美ちゃん。えーと、どうだったかしら……あら嫌だ、その日の天気も思い出せないわ。ごめんなさい」

「いえ、きっと育代さんも気が動転していたでしょうし当然です。それに大丈夫です。日時が分かれば天気やその時の月の満ち欠けは調べられますし、病院が分かれば月が見える位置に窓があったかどうかも調べられると思います」

「へえ、すごいわね須美ちゃん。わたしだったら思いもつかないわ！」

「もう、育代さんたら。おだてても謎は解けませんからね。それに、もし三日月だったとしても、春彦さんが『笑う月』って言ったのは、ただそう見えたからってだけで、どういう意味があるのか――」

そのことは途中から須美子の頭に引っかかっていたことだった。

『三日月が笑っている口のように見えた』

春彦が最後に遺した言葉がただそれだけの意味だったとして、育代の心残りは払拭されるのだろうか。

「……とにかく、まずは確認してみます」

そう言って須美子は花春をあとにし、図書館のある滝野川会館へ向かった。

旧古河庭園前の歩道橋の上から滝野川会館を見て、須美子は、あらためてこの建物のデザイン性の高さに目を奪われた。石造りの大きな建物で、正面に半円に広がる地下への階段がある。その向こうにはガラス張りのエレベーターが人々を運んでいる。

エントランス前の階段を降り自動ドアを入ると、心地よく暖められた風が須美子を迎え入れた。

須美子は真っ直ぐに図書館のカウンターへ向かい、受付の女性に三十年前の月の満ち欠けが分かる本か新聞を探したいと相談した。すると女性は、本や新聞で調べるよりインターネットで検索したほうが早いのではと教えてくれ、須美子をパソコンの前に座らせた。女性はパソコンの使い方も親切に教えてくれ、『月齢辞典』というサイトを見つけてくれた。年月日を打ち込むと、その日の月の満ち欠けが分かるらしい。

お礼を言って「便利なものね……」と小声で呟いてから、須美子はさっそく、育代から聞いた日付を入力してみた。

（え、満月⁉）

まん丸のイラストが画面に映し出されていた。須美子の三日月説は、あっという間に崩れ去った。

もし三日月の推測が当たっていれば、そのあとは病院に立ち寄って窓の有無の確認を――と思っていたが、須美子は真っ直ぐ花春に戻ることになった。

「あら、須美ちゃん、早かったわね……あ、もしかして推理は違っていたの？」

須美子の浮かない表情を見て、育代は察したらしい。

「はい、すみません」

「謝らないで、須美ちゃん」

「でも、期待させてしまって……」

「何言っているのよ。そんなに簡単に謎が解けるなんて思ってないわ。シャーロック・ホームズだって言ってたじゃない。一つ一つの可能性を消していけば、あれよ……えーと、あれっ……なんだったかしら？」

「最後に残ったものがどんなに奇妙なことであっても、それが真実となる——ですか？」

須美子はうろ覚えのフレーズを口にした。

「そう、それよ！　須美ちゃん。さすが同じ名探偵ね」

「名探偵じゃありませんよ。たまたま、坊っ……あ、いえ、以前、聞いたことがあっただけです。それより育代さんこそ、よくご存じでしたね。ホームズのファンなんですか？」

「違うわよ。わたし、この家にたくさんある日本の本でさえ、ほとんど読んだことがないんだから。ただちょっとね、教えてもらったの……」

須美子は、そういうことかと得心した。確かに謎好きの日下部なら知っていそうな言葉ではある。

「育代さん、何か『月』に関する話を春彦さんから聞いたことはありませんでしたか？」

須美子は気持ちと話題を切り替えた。

「そうねえ、わたしも考えてみたんだけど……月、月、あ、そうだ、月見草！」

「月見草ってたしか、春彦さんが好きだったお花ですよね？」

須美子は一昨日見せてもらったアルバムにあった、薄桃色の花の写真を思い出した。

「ええ。このあいだ月見草と待宵草は別の花って話したわよね。でも、ここに嫁いできた当時はわたしもそんなことちっとも知らなかったし、花の育て方なんかも分からないことだらけだった。だから、春彦さんから毎日、色々と教わったわ……」

その頃を懐かしむように育代が微笑む。

「——あるときね、月見草について教えてもらっていたんだけど、待宵草の仲間だって言われて、わたしったらその名前に聞き覚えがあったものだから、つい『待～て～ど暮～らせ～ど来～ぬひ～とを～、よ～いま～ちぐ～さの～や～るせ～なさ～』って歌っちゃったのよ。自分でもすぐに気づいて『あれ、ヨイマチグサ？　マツヨイグサとは違うの？　え？　え？　ツキミソウはどっちの仲間でしたっけ』って言ったら、春彦さんたら大笑いしてね。なんかね、こぶしを利かせて歌ってる顔と、そのあと混乱している顔がコロコロ変わって笑いのツボに入ったんですって。人の顔を見て笑うなんて失礼しちゃうわよね」

その時にしていたであろう、育代の表情が頭に浮かび、思わず吹き出しそうになったが、須美子はすんでのところでなんとかこらえた。

「その歌、竹久夢二の詩ですよね」

「ええ、そうみたい。あとで春彦さんに聞いたら、夢二も本当は待宵草って書こうとしていたのを間違えて宵待草《よいまちぐさ》にしてしまったんですって」

「へえ、そうだったんですか。たしかその歌の続きは『今宵は月も出ぬそうな』でしたっけ？」

「ええ。どうかしら須美ちゃん、月見草と『笑う月』って、関係ありそうかしら？」

「そうですねえ……あ、育代さん月見草の花言葉はなんですか？」

「えっと『ほのかな恋』よ。それにたしか、『移り気』という意味もあったと思うわ」

春彦が遺した言葉の意味が『ほのかな恋』なら以て瞑すべしだが、『移り気』という意味もあるならそんな誤解を生みそうな言葉を遺すはずがない。第一、「月」が月見草のことだとすると「笑う」の意味が分からないではないか。

人差し指を顎に当てて考え込んでいると、壁の鳩時計が目の端に入った。

「あ、こんな時間。育代さん、また明日来ますね」

須美子は急いで本来の任務である買い物に向かった。


夕食後、ダイニングテーブルを拭きながら今日のことを振り返っていた須美子は、「笑う月か――」と思わず口にしていた。

「お、須美ちゃん、安部公房だね？」

顔をあげると光彦がくちくなったお腹をさすりながら立っていた。

「？」

「違うの？　安部公房の『笑う月』」

「安部公房って、あの『壁』とか『砂の女』のですか？」

「そうそう、須美ちゃんもやっぱり読んだことがあるんだね？　すごく独特な世界観を持った作家だよね」

「あ、いえ、読んだことはありません。タイトルを聞いたことがあるだけで……」

「ははは、なーんだ。じゃあ、安部公房がこの北区出身の作家だって知ってた？」

「へえ、そうだったんですか。知りませんでした。あ、坊っちゃま、それでその『笑う月』っていうのは、どんなお話なんですか？」

「『壁』と『砂の女』は読んだんだけど、実は『笑う月』はタイトルを知ってるだけで、内容は僕も知らないんだ」

そう言って「須美ちゃんのこと笑えた義理じゃないね」と頭をかいた。「それで、『笑う月』がどうかしたの？」

光彦が急に真剣な表情になった。近所では居候などと陰口を叩かれ、浅見家においてはのんきな次男坊キャラでとおしている光彦だが、こと事件に関する電話がかかってきたときだけ、急に鋭い目をする。今もそんな鳶色の瞳で見つめられて、須美子は柄にもなくドキッとしてしまった。

「あ、いえ。なんでもないんです……」

須美子は一瞬、この名探偵にすべてを打ち明けて相談しようかと思ったが、そんなことをしたら大奥様から「また光彦は探偵の真似事をして」と、坊っちゃまが叱られるに決まっている。そもそも今の自分の行動自体も大奥様から見たら「探偵の真似事」なのだ。今更ながら、須美子は急に不安に駆られた。

「須美ちゃん、悩み事があったら遠慮なく言ってよね」

なんでも見通しているような光彦の優しい言葉に、須美子ははぐらかすように微笑んだ。

「いえ、本当になんでもないんです。あ、でも明日の夕食のメニューには悩んでますよ」

「ははは、じゃあ明日は……」

「ダメです。坊っちゃまのリクエストはお聞きしたばかりですからね。大奥様が喜びそうなものを考えているんです」

「なーんだ。……じゃあ、発想の転換をしてみたらどう？」

「？」

「明日の晩ご飯は何にしようかじゃなくて、何はやめようかって考えてみるのも一つの手だと思うよ。ま、どっちにしても明日はハンバーグやカレーにはならないってことか、残念。それじゃあ、おやすみ須美ちゃん」

「ふふふ、おやすみなさいませ」

須美子はダイニングを出て階段を上っていく光彦の後ろ姿を見送った。

（あいかわらず坊っちゃまは面白い考え方をするわね。……それにしても、安部公房の『笑う月』か。明日また図書館に行ってみなくっちゃ）

5

翌日、手早く昼食の片付けをしてから、須美子は再び滝野川図書館へ向かった。

カウンターで、昨日お世話になった司書の女性に教えてもらい、安部公房の『笑う月』はすぐに見つけることができた。文庫判で百五十ページ程度の薄い本だ。須美子は館内で読んでいくことにし、空いている椅子を探した。

目次を見て、この厚さで十七ものタイトルが収録されていることに驚いた。てっきり、『笑う月』という作品だけが載っていると思っていたのだ。

（一作あたり十ページ程度しかないのね）

表題作の「笑う月」は二番目に並んでいたので、真っ先にページを開いた。「笑う月」

は小説というより、エッセイのようなとりとめのない内容だった。花王のマークが正面を向いただとか、ジョーカーみたいだとか、そんな顔をした月が追いかけてくる夢を見た――というようなことが書いてあった。

（なんだかよく分からない話ね――）

内容もさることながら、この「笑う月」が春彦の言い遺した「笑う月」だとして、どういう意味があるのだろうか。須美子は小一時間かけて、ざっと他の十六作品も読んでみた。創作ノートとエッセイに小説を混ぜたような本で、じっくりと読んだわけではなかったが、読後に残ったのは「よく分からなかった」という感想だった。

（何度も読み込めば面白みが分かるのかしら……）

最後にもう一度、全編をパラパラとめくってみたが、気がついたのは、夢に関する話が多いということだけだった。

（うーん、この本が関係あるのかしら……本、本……本！）

須美子は昨日、育代が『この家にたくさんある日本の本でさえ、ほとんど読んだことがない』と言っていたことを思い出した。

「安部公房？　ああ、そういえば、春彦さんがファンだって言ってたわ」

早足で辿り着いた花春で気息を整えながら須美子が訊ねると、育代はあっさりと答えた。

「本当ですか！」

思いも寄らぬ回答に須美子は声が上ずった。

「ええ、たしか北区出身の作家なのよね」

「はい、そうみたいです」

「たしか春彦さんの誕生日が安部公房と一緒なんですって。それで一番好きな作家なんだって言ってたわよ」

「育代さん、安部公房の作品に『笑う月』というのがあるって知ってます？」

「え、嘘！」

「本当です。もしかしたら、春彦さんもその本をお持ちなんじゃないでしょうか？」

「ちょ、ちょっと待ってて、探してみる」

育代は転げるようにお店の奥に走っていった。

数分後、「あったわ！」と言って、育代が興奮の面持ちで戻ってきた。

「『笑う月』があったの！　しかも二冊も！　一番下の端っこにあったせいもあるんだけど、わたしったら今まで全く気づかなかったわ。ごめんなさいね」

「いえ、育代さんが『笑う月』っていう春彦さんの言葉を思い出したのは最近のことなんですから、仕方がないですよ」

「ありがとう須美ちゃん。でも、これだったのね、これが春彦さんが言い遺した……」

あのアルバムと同じように、育代は愛おしそうに二冊の本を撫でた。

ふとその手が止まり、「……それで、どういうこと?」と育代は首を傾げた。

「お借りしてもよろしいですか」

「ええ」

須美子は育代から二冊の本を受け取った。一冊は図書館にあったのと同じ文庫判。そしてもう一冊は大判で茶色のハードカバーだった。週刊誌くらいはあるだろうか。外側に帯が巻かれた箱入りの装丁で定価一八〇〇円。慎重に箱から取り出すと、ベージュの革張りの卒業アルバムのような表紙が現れた。うっすらと男の顔が刻印されているのが不気味だ。

(おっきな文字……)

中を見て須美子は真っ先に文字の大きさに驚いた。文庫判の倍以上ありそうだ。ページをめくっていくと時折、紙質の違う挿絵がある。確か文庫判のほうにも同じ挿絵があったな——と須美子は先ほどの記憶を再生した。

「育代さん。この本に何か挟まれていたり、書き込みがあったりしないか見ていただけますか。とくに『笑う月』の話には注意してください」

「分かったわ」

文庫判の『笑う月』を受け取ると、育代は慎重に一ページ一ページめくっていった。須美子も、育代に倣《なら》って手に持ったハードカバーの本を確かめにかかった。

最初は二人とも、何が見つかるのだろうという期待感に胸を膨らませていたが、中盤にさしかかると本当に何かが見つかるのだろうかという疑念に変わり、ついには何も見つからないまま最終ページに辿り着いた。

「……何もありませんね……」

「こっちもよ……」

二人の声のトーンは、急激に値下がりした株価のように落ち込んでいた。

もしかしたら、育代への手紙が挟まれていたり、メッセージが書き込まれているのではないかと期待していたのだが、またしても考え違いだったらしい。この本も関係なかったということかと、須美子はショックを隠せなかった。

「ごめんなさい、育代さん」

「いいのよ須美ちゃん。三十年も経って、事故死した夫からのラブレターが出てくるなんて、そんなドラマみたいなこと期待してないわ」

育代のほうが、むしろサバサバした調子で須美子をなぐさめた。

(事故死、そうよね——)

須美子はあらためて当時の春彦の心の内を考え、今さらながらに気がついた。

春彦は突然の交通事故で亡くなったのだ。不慮の死を遂げた春彦が、ダイイング・メッセージのように、いまわの際に「『笑う月』を見てくれ」と言い遺し、そこに手紙が用意してある——なんて都合のいい話、あるはずがなかったのだ。

では春彦は何が言いたかったのか——。

それは意識がハッキリしないなか、思わず呟いた言葉だったはずだ。

しかし、いくら考えても、須美子にはなんの考えも浮かんでこなかった。そもそも、その時の春彦の心情だなんて、妻の育代に分からないのに、会ったこともない自分に分かるわけがないのだ。

（だけど——）

そこまで考えて、須美子には一つの疑問が浮かんだ。妻の育代にも分からないというのは、いったいどういうことなのだろう。考えられるのは、育代には話したことがないが、春彦自身は日常的に使い慣れた言葉である場合だ。だから、いまわの際に思わず口をついて出たのではないだろうか。

しかしそうだとすると、春彦の言葉の真意を、どうやって探ればいいのだろう。自問自答しながら、須美子の思考はまたしても振り出しに戻りそうになった。

だがその瞬間、ふと思いつくことがあった。

「夢の記録……」

「えっ、何？」

黙り込んでしまった須美子の思案顔を、心配そうに見つめていた育代が問い返す。

「育代さん、春彦さんは夢の記録なんて、付けてはいませんでしたか？」

　安部公房の『笑う月』に、見た夢を生け捕りにするため、枕元にテープ・レコーダーを常備する――ということが書かれていたのを思い出したのだ。安部公房のファンの春彦なら、『笑う月』に書かれていたことを実践していたとしてもおかしくはない。

「夢の記録？……春彦さん、そんなの付けてたかしら……あっ、夜になると時々、書斎にある文机で何かこっそり書いていた気もするけど、あれかしら？」

（……違う）

　夢の記録だとすると、安部公房の言うとおり忘れないうちにすぐ書き記すはずだ。それをこれから就寝する夜に書いていたというのはいかにもおかしい。それではまるで普通の――。

「そうか！　育代さん、春彦さんの日記はありませんか？」

「え、日記？　見たことないわよ」

「でも、さっき、夜にこっそり何か書いていたっておっしゃいましたよね。毎晩じゃなくて時々というのが少し引っかかりますけど、それってもしかして日記を付けていたんじゃないでしょうか？」

「あ、なるほど！　ちょっと、探してみるわ」

　再び育代は店の奥へ入って行き、須美子は息を詰めて育代を待った。その間は、訪れる客もなく、時が止まったように静かだった。じりじりと十五分ほども待っただろうか、須美子がしびれをきらし始めたころ、育代が申し訳なさそうに肩をすぼめて戻って来た。

「机の抽斗や置いてありそうなところを探してみたんだけど、見当たらないわ。そういえば、この三十年間、時折、春彦さんの書斎も掃除をしてるんだけど、それらしいものを見た記憶がないのよね……」

「そう……ですか……」

またしても須美子の推理は外れた。

やはり自分は名探偵なんかにはなれないのだ。育代のために謎を解明するなどと大見得を切ったが、所詮、なんの役にも立たない。それどころか、期待を持たせた分、余計に育代をがっかりさせることになってしまったのではないだろうか。

(こんなとき、坊っちゃまだったら……)

軽井沢に住む作家に、名探偵として小説にまで登場させられている光彦の顔を、須美子は祈るような気持ちで思い浮かべた。

――そのとき、昨日の光彦の声が須美子の頭の中で鮮烈に蘇った。

『発想の転換をしてみたらどう？』

「育代さん！」

「は、はい！」

須美子の声に驚いて、育代は背筋を伸ばして返事をした。

「――春彦さんの書斎を、わたしにも見せていただけませんか？」

「え、ええ、どうぞ上がってちょうだい。『笑う月』の本にも気づかなかったくらいだから、わたしの目は節穴だと思うし、須美ちゃんに見てもらった方がいいと思うわ」

何度も訪れている花春だが、須美子がお店の奥の住居部分に入るのは初めてだった。

「お邪魔します」

店から奥へ続くドアの向こうに、小さな三和土があった。育代のサンダルの横に、須美子も靴を揃えて、式台を上がった。

「ここよ」

案内された部屋は六畳ほどだろうか。正面に小さな窓が一つあるだけの薄暗い板の間で、壁には頑丈そうな大きな本棚が三台も並んでいる。それぞれに隙間なくビッシリと本が詰まっていて、かすかに古書店のような懐かしい匂いがする。

夫を亡くしてもう三十年近くになるというのに、自身はまったく興味のない大量の本を大切に保管し、当時のままにしてきた育代に、須美子は胸を打たれた。

「すごいですね……」

「ええ、読書家だったみたい。わたしがお嫁にきた当時からたくさんあったわ。あ、この辺りに安部公房の本がまとまってたわ」

育代は須美子の言葉を本の数が多いと受け取ったらしく、軽く受け流し、本棚の一角を指さす。そこには安部公房の名前がずらりと並んでいた。軽く五十冊は超えているだろう。先ほどの『笑う月』と同様、同じ本が二冊以上あるものがいくつも見受けられた。

「……すみませーん……」

お店のほうから女性の声が聞こえた。どうやら、お客さんらしい。

「あ、はーい！」と育代は大声で返事をしておいて、「須美ちゃん、勝手に調べてていいからね」と言い置いて店へ戻っていった。

（さて――）

須美子は居住まいを正し、部屋を見回しながら考えた。

（見えるところではなく、見えないところ……）

光彦の昨日の言葉から、須美子は一筋の光明を得た気がしていた。

（日記が隠してあるとしたら、この部屋で育代さんが見ない場所、手に取らないところであるはず）

不思議なことだが、須美子のなかには光彦も同じことを考えるだろうという自信があった。

「さて」

今度は言葉にしてから、安部公房がズラリと並ぶ本棚を仔細に調べ始める。他にもいろいろな作家の作品が並んでいるが、多くても数冊ずつで、いかに安部公房が特別だったかを思わせる。真っ先に目に付いたのは右下の隅の小さな隙間だ。そこに『笑う月』があったのだろう。

「あっ、これ——」

須美子の目はその隙間の隣に釘付けになった。

『幽霊はここにいる』と書かれたA5サイズの本が三冊並んでいた。

育代は無類の怖がりで、その類いの話が大嫌いだ。以前、日下部から都市伝説の話を聞いた時も、とても怯えていた。おそらく育代の怖がりは昔からなのだろう。春彦も育代のその性格を知っていたに違いない。

『幽霊』と名のつくその本は、そんな育代が絶対手にしない本の典型だ。この部屋を時折、掃除していると育代は言っていたが、『幽霊』という文字を無意識に見ないようにしていたのではないだろうか。だから今までは、その隣にあった『笑う月』にも気づかなかったのだろうと合点がいった。

三冊並んだ『幽霊はここにいる』のうち、須美子は一番古そうな箱入りの本を抜いてみた。箱が傷み、安部公房の文字はかすれ、体裁からして幽霊らしさが醸し出されている。本の下部には〈岸田演劇賞に輝く名作〉と書かれたくすんだ朱色の帯が巻いてある。須美子は箱から本を抜きパラパラとめくってみた。

ばれる場面の説明も書かれていた。

「台本みたいね」

全編とおして登場人物の名前が上に書かれ、その下にセリフがある。時折、ト書きと呼ばれる場面の説明も書かれていた。

先ほどの『笑う月』のように、念のため何か挟まれていないか調べてみたが見つからない。

須美子は続けて隣の本に指を掛けた。これも青い背表紙だが箱入りではなかった。手にしてみると布張りの本で、背表紙には銀色の文字で『幽霊はここにいる』の題字が、表紙には銀色の菱形が一つだけ描かれていた。

「あれ、この本、おかしい……」

須美子は、すぐに違和感を覚えた。単にシンプルな表紙といえばそれまでなのだが、こういうデザインの場合、カバーか箱があるはずだと直感した。安部公房ファンの春彦が、本のカバーや箱を捨ててしまうとは考えにくい。

（つまり――）

須美子の目は三冊目の『幽霊はここにいる』に向けられた。水色とグレーの背表紙で一冊目と同じ、箱入りであることが分かる。

（この箱の中身がきっとこの本だわ）

手にした青い本を元の場所に戻してサイズを確認し、須美子は確信した。つまり『幽霊はここにいる』は、三冊ではなく二冊なのだ。

ゴクリと唾を飲み込み、三冊目に見えた箱に指を伸ばす。これが二冊目の本の箱なら空っぽのはずだが本棚から引き抜こうとした瞬間、わずかに重さを感じた。

(中身がある――)

ゆっくり取り出すと、中から灰色の小振りなノートが二冊出てきた。「1」「2」と表紙にボールペンで書かれている。パラパラとめくってみると、それは果たして探していたものであった。

(……!)

須美子は声にならない感動が、胸の奥から湧き出してくるのを感じた。

すぐにノートを閉じ、ついでに目も閉じて深呼吸をする。あらためて、古い本の匂いが須美子の鼻孔をくすぐった。

(育代さんが戻ってくるのを待とう)

須美子は目を開けて、青い布張りの表紙の二冊目を日記の入っていた箱に戻した。やはりこの本の外箱だったらしくぴたりと収まる。その箱入り本を棚に戻し、隣に『笑う月』を二冊並べる。一冊分の空白ができた本棚を眺めて待ったが、育代は一向に戻ってこなかった。

様子を見にドアから店のほうを覗くと、先ほど声をかけた女性のあとにもお客が来たらしい。朗らかな話し声と、育代が花束を作る音がかすかに聞こえた。
書斎に戻った須美子は、再び二冊のノートを手にした。
しばらく表紙をじっと見つめていたが、次第に好奇心を抑えられなくなってきた。
須美子は（ごめんなさい——）と、心の中で育代に謝り、表紙に「1」と書かれたノートをそっとめくった。
縦書きに書かれた日記の最初は、春彦が亡くなる二年前の四月一日だった。

4月1日　思い立って今日から日記を書くことにする。

そう書き始めているにもかかわらず、思い立ったきっかけが書いてあるでもなく、その日の出来事が書いてあるでもなく、最初のページはその一行きりだった。そして次の日付は四月四日だ。

4月4日　一昨日も昨日も特に書くことがなかった。今日も特にない。いつもと同じ平穏な一日だった。これからは書きたいことがある日だけ、書くことにする。

これも三日坊主というのだろうか。春彦は、本棚から感じたイメージとは異なり、意外とズボラな性格らしい。次の日付は二日後だった。

4月6日　山咲《やまざき》育代さんという女性とのお見合い。苗字に「咲」という字が入っているのが花屋で働くのにちょうどいいでしょうと仲人は言うが、結婚したら小松原に変わってしまうのではないか。それより、山咲さんの笑顔は魅力的だった。思わず、もらい泣きならぬ、もらい笑いをしてしまう笑顔だ。

育代の旧姓が山咲であることを、須美子は初めて知った。そこからは育代とのことが毎日のように書かれていて、読み進めていくと十日後には、「山咲さん」から「育代さん」へと呼称が変わっていた。

4月16日　今日読んだ本に、「咲」という字は「笑」という意味があると書いてあった。なるほど、名は体を表すというが育代さんらしい苗字だ。彼女の笑顔は花笑むという表現が似合うと思う。

どのページもそれほど長い文章ではないが、須美子は関係ありそうな日だけを拾って読み進めることにした。

5月4日　彼岸花の話をしたときの育代さんの顔には驚いた。彼岸花が「幽霊花」や「地獄花」、「死人花」とも呼ばれていることを話していたら、みるみる顔が真っ青になってしまった。怖い話がとても苦手らしい。

6月25日　久しぶりに『笑う月』を読み返した夜、夢に「笑う月」が出てきた。ただ、安部公房先生の悪夢とは違い、不気味な満月ではなかった。子どもが優しい母親というテーマで描いたような、ニッコリと笑っている月だった。

「……‼」

須美子は日記の中に「笑う月」の文字が出てきたことに心の中で快哉を叫んだ。探し求めてきた答えはきっとここにある——と、興奮する気持ちを抑えながら読み進めると、名前の呼び方がまた変わる日付を見つけた。

10月15日　育代との結婚式。

須美子は嬉しくなって心の中で「おめでとうございます」と呟いていた。お見合いから半年。二人の仲睦まじい様子は、読んでいる須美子が妬けるほどだった。

10月24日　今日も「笑う月」の夢を見た。この半年、ちょくちょく見るのだが、この月が夢に出てきたときは、いつも幸せな気分で目を覚ます。それにしても、あの「笑う月」、何かに似ている気がする。どこかで見た気がするのだが、思い出せない。

11月18日　育代に「ツキミソウ」の正式名称が「マツヨイグサ」だということを教えたら、急に歌い出した。以前から愉快な女性だと思っていたが、日々、想像を超えてくる。そのあと急に恥ずかしそうにしたと思ったら、今度は「ヨイマチグサ」と「マツヨイグサ」に混乱し、おたおたしてパニック状態。コロコロと変わる育代の表情と動きを見ていたら、なんだか笑いが止まらなくなった。いま思い出しても笑ってしまう。

12月5日　相変わらず育代は花の勉強を頑張っている。それに家のことも頑張ってくれている。だが、最近少し、おふくろの育代に対するものの言い方がきつい気がする。育代は大丈夫だろうか。

育代との暮らしぶりが散見される日記に、須美子はいつの間にか二人の生活を見守っている気持ちになっていた。だから十二月五日の日記を読んだ時は、「春彦さんからお母さんに、育代さんに優しくするよう言ってあげればいいのに」と、とうの昔に鬼籍に入った相手に対し、咎めるようなことを口にしていた。

しかし、それからしばらくは週に一度くらいのペースで、春彦が読んだ本の感想が続いた。時折「育代」の名前が見つかるが、「育代の作った肉じゃがは――」とか「育代の好きな食べ物は――」といった内容だ。その後、姑と嫁の折り合いがどうなったのか、ちっとも書かれていない。なんだか、この問題から春彦が目をそらしているようで須美子はイライラしてきた。パラパラとめくっていくと、次の年の六月の内容に目が留まった。

6月4日　おふくろが育代に跡継ぎはいつなのかと言っているのを耳にした。いつもどおり、すみませんと謝っていた育代は、このところ少し痩せた気がする。

ここまでも日記の日付は飛び飛びだったが、このあと初めて一か月以上が空いていた。それが春彦の気持ちだけでなく、育代の淋しさも表しているようで、須美子はやりきれない気持ちになっていた。

7月20日　知人から頼まれ、インコを飼うことになった。あまり気乗りしなかったのだ

が、育代がたいそう喜んでいるから、まあヨシとするか。

7月21日　インコは「ピピ」と鳴くから、ピピタロウと名前をつけたいと育代は言う。安直だが、育代らしいと思った。

7月22日　育代が、朝から晩までインコに言葉を教えている。花春の看板娘にするのだとはりきっているが、ピピタロウはオスだ。育代は「いらっしゃいませ」と繰り返し話しかけている。その際なぜ両手をパタパタさせるのだろう。もしかして鳥の気持ちになっているのだろうか。このあいだ、お客さんの前でもやってしまい、すみません鳥と間違えましたと言い訳している育代を見て、笑いが止まらなかった。

珍しく日記の日付が連続していた。ピピタロウが来て、二人の楽しそうな日が続いている。何気ない笑顔の日常に、須美子の表情も自然と綻《ほころ》ぶ。

8月23日　「笑う月」の夢を見た。なんだかずいぶん久しぶりな気がする。この夢を見ているとき、自分もニヤニヤ笑いながら寝ているのではないだろうか。育代に寝顔を見られていないとよいのだが。

9月25日　ピピタロウが「イラッシャイマセ」と喋った。育代は大喜びで、ピピタロウは天才だとはしゃぐ。きみの教え方がよかったんだよと言っておいた。「特に手の動きがね」という言葉はもちろん飲み込んだ。最初は乗り気ではなかったが、いまはピピタロウがいてくれて本当によかったと思う。店でお客さんとの会話も弾むし、何より、一時期沈みがちだった育代が元通りの明るさを取り戻してくれたのが嬉しい。

その後もしばらく幸せそうな内容が続いたが、ノートの残りのページがわずかになった十一月の日記に「死」の文字を見つけ、須美子はにわかに緊張した。

11月25日　昨日、おふくろが死んだ。心臓発作であっという間だった。元々、心臓が弱いのは知っていたが、あまり苦しまずに逝ってくれてよかったと思いたい。

12月1日　初七日。この数日、育代は、ビックリするほど泣いた。お義母さんに何もしてあげられなかったと何度も言う。そんなことはない、それより色々と言われて辛かっただろうとなぐさめると、春彦さんは知らないだけですと、ピシャリと言われた。多分、自分は厳しいところもあったけれど優しいお義母さんだったのよと言われた。

長くないだろうから、わたしに教えられることを全部教えたいって、亡くなったお義父さんのお店をずっと守ってほしいって。だから、厳しくしてしまうこともあるけど許してねと言っていたと。おふくろがそんなことを言っていたなんて知らなかった。だが、子どもができないことで責められていたのではないかと問うと、そんなことを言われたこともあったと認めた。自分でも子どもができないことを気にしていたから、少し落ち込んだのは本当だと。だが翌日には、あのおふくろが「ごめんね」と謝ったのだそうだ。そして、我が家にピピタロウが来ることになったのも、実はおふくろが頼んだことだったということも知った。育代は葬儀の時に、インコをくれた知人から聞いたらしい。僕は何も知らなかった。いや知ろうとしなかったのかもしれない。僕は今日、おふくろとはもう二度と会えないのだと、初めて実感した。もっと話をすればよかった。

今までで一番長い日記だった。須美子は視界が涙でぼやけるのを慌ててハンカチで押さえた。「1」のノートはここで終わっていた。育代は一向に戻ってくる気配がない。

数分待って、須美子は「2」のノートを手に取った。最初の日付は三か月後になっていた。

3月1日　最近、ようやく、育代に笑顔が戻ってきたが、以前とは何か違う気がする。おふくろが死んでから、さらに痩せてしまったからだろう。頬の辺りがげっそりしているのが痛々しい。

3月8日　今日、お客さんがカバンに付けていたバッジが、以前、夢によく出てきたあの「笑う月」にソックリだった。丸い黄色いバッジにニッコリした顔が描かれている。以前から何かに似ているなと思っていたのだが、これだったのか。

3月16日　自分が死んでしまう夢を見た。気づいたら、空にぷかりぷかりと浮かんでいた。自分の家を探して空中を泳いでいると、眼下に地上で泣いている育代の姿が小さく見えた。空を見上げると、久しぶりにあの月が出ていたが、どこかちょっと違っている気がする。表情は笑っているのだが、ニッコリという感じがしない。ただ静かに微笑んでいるような月だった。僕は月と育代から遠ざかり、空に吸い込まれて行ったところで目が覚めた。

3月20日　ふと思い出したことがある。生前、おふくろが一人で店番をしている時、ピピタロウに何やら話しかけていたことがあった。今思うと、「イラッシャイマセ」と教えていたような気がする。なんだか最近、おふくろのことをよく思い出す。
3月25日　また自分が死んでしまう夢をみた。今のところまったく死ぬ予定もそのつもりもないが、万が一僕が死んでしまったら、育代はピピタロウと二人暮らしになってしまうのか、と考えた。ピピタロウの寿命だって精々二十年くらいなものだろう。そうしたら、その先、育代はひとりぼっちになってしまうのだ。おふくろがポックリ逝ったからか、人間はいつ死ぬか分からないと、最近よく思う。

三月に入って二度目の死ぬ夢だ。日記には書かれていないが、母親を亡くした春彦は、本人も気づかぬうちに精神が疲弊していたのかもしれない。身近な人の死を経験すると、うつ病に似た症状が出ると聞いたことがある。素直にたくさん泣いた育代より、冷静そうに見えても、日記を三か月も書けなかった春彦のほうが、実はより大きな喪失感を抱えていたのかもしれないとも想像できる。

次のページをめくると、左側のページが空白であることにドキッとした。右側のページに書かれている日記は三月三十一日だ。その翌日は春彦の命日である。

（……!!）

須美子が最後の一行を読み終えようとした時、背後から「須美ちゃん、何か見つかった？」と遠慮がちな育代の声が聞こえた。須美子はハッとして振り返り、いまさらながら自分の行動に恥じ入った。

「育代さんすみません！　勝手に中を……見てしまいました」

須美子は咄嗟に「1」のノートを差し出し頭を下げた。須美子の横に座り、育代は「うん、いいのよ」と優しく須美子の肩に手を置いた。

「日記、見つかったのね。すごいわ須美ちゃん」

いつもとは違う、落ち着いた声だった。育代は灰色のノートを受け取った。そして目を瞑って大きく息を吸い込み、吐き出すと同時に、目とノートを開いた。須美子は席を外そうとしたが、育代が身振りでそれを引き止めた。

春彦の遺した日記を読み始めるとすぐに、育代の嗚咽《おえつ》が聞こえた。俯いていて表情は読めないが、育代は慌てて須美子に背を向け座り直した。

今はお客さんに来ないでほしいという須美子の願いは届き、静かな時間が続いていく。

やがてページをめくる音がやみ、育代のすすり泣く声だけが部屋に響いた。

「……わたし思い出したわ」

不意に育代が背中越しに鼻声で話し始めた。

「……あの日、やっぱり満月だった。春彦さんが事故に遭って病院に運ばれたって聞いたとき、わたし動揺しちゃって、何も考えずサンダルのままお店から飛び出したの。走って走って、でも途中で息が切れちゃって立ち止まったら、怖くてそこから足が進まなくなっちゃったの。そのときね、誰かの視線を感じて……」

育代は「ふふっ」と笑ってから続けた。

「お月様だったわ。いつもより何倍も大きくってビックリしちゃった。でも、なんだかその月を見てたら、自然に足が前に出たの……」

須美子は黙って、育代の一人語りを聞いた。

「それからなんとかね、病室に辿り着いて……。春彦さんは頭に包帯を巻かれて、腕やら鼻やらにいっぱいチューブを繋がれていたの。その姿にわたし、声もでなくて、胸がギューッとなって……」

その時の育代の気持ちを想像して、須美子も胸が苦しくなった。

「……わたし春彦さんの手を握ってみたんだけど、自分でもおかしいくらい手が震えちゃって、春彦さんから目を逸らして病室のカーテンに隠れて外を見てたの。そしたらね、さっきのまん丸お月様が笑ってる気がした。そうそう、春彦さんの夢に出てくる月と一緒で、ニッコリ微笑みかけてくれてる気がしたの。ふふふ、おかしいわよね、いい大人なのに。満月の模様がそう見えただけなんだけど、昔からわたしって馬鹿でしょ……」

向こうを向いたまま笑う育代に、須美子はぶんぶんと首を振った。その動きが見えたのか、育代は「ありがとね」と言って、また話し始める。須美子も育代の背中を見つめ続けた。

「でもね、そのお月様を見ていたら、ああ、春彦さんが目を覚ましたとき、わたしも笑って、大丈夫よって安心させてあげなきゃって思ったの。そしたら、うめき声が聞こえて、慌てて春彦さんのもとに駆け寄ったわ。その直後よ、あの言葉を聞いたのは……」

シーンという音が聞こえるような静けさが続いた。

その沈黙を破って、突然育代が振り返り、「あ、わたし分かったかもしれないわ！」と素っ頓狂な声を上げた。

「『笑う月』って、あの日の満月のことだったんだわ。わたしがカーテンを開けっぱなしにしちゃったから、春彦さんにもあの月が見えたんじゃないかしら。春彦さんはわたしと同じように、あの大きな月の模様が笑ってるように見えたのよ……。ああ、そうだわ、『笑う月』って言ったとき、春彦さんも笑っていた気がする。きっと、夢で見たあの満月を実際に見ることができて、嬉しかったんだわ――」

須美子は、ゆっくりと大きく息を吐いたあと、「……少し、違うと思います」と育代の考えをやんわりと否定した。

「えっ？」

育代は真っ赤な目で須美子を見返す。

「病室にいた春彦さんには、月は見えても模様までは見えなかったと思いますよ」

「でも、いつもより大きな満月だったのよ」

「月が大きく見えるのは実は錯覚らしいですけど、そのことよりも、明るい病室からじゃ外はよく見えなかったのではないでしょうか。育代さんはカーテンと窓の間に入って病室の灯りを遮ったから見えたんでしょうけど、カーテンが開いていたとしてもベッドの上の春彦さんからは、月は見えても模様まではハッキリ見えなかったと思いますよ」

「そっか……でも、じゃあいったい……」

須美子は「2」と書かれたノートをおずおずと差し出した。

育代は手元の「1」のノートに一度、目を落としたあと、もう一冊のノートを須美子から受け取った。

六日分しか書かれていないノートを、育代はまたポタポタと涙をこぼしながら読み進める。

そして、最後のページを開いた。

3月31日　今日は育代と二人で結婚当初からの写真を整理した。一年半前の育代は、こんな真ん丸な顔だったのかと笑いながら、ハッとした。なんで今まで気がつかなかったのだろうか。夢に出てくる「笑う月」は、あのバッジに似ていたのではない。ニッコリ笑った、あの頃の育代に似ているのだ。いつも目の前にあった笑顔が、僕の「笑

う月」だったのだ。育代にはこの先、あの頃の真ん丸笑顔の「笑う月」でいてほしいものだ。

育代は声にならない声をあげ、二冊のノートを膝の上にのせたまま少女のように両手で顔を覆った。その指の隙間から、嗚咽と涙がこぼれ落ちる。須美子は背中をそっとさすりながら、育代が落ち着くのを待った。

しばらくして、深く吐き出す育代の呼吸を聞いたのち、須美子は事件の真相を語る探偵のように話し始めた。

「正解は春彦さんにしか分かりません。でもわたしはこう思います。春彦さんが遺した『笑う月』という言葉は、育代さんのことだったんです。春彦さんが目を開けたとき、育代さんが優しく微笑んでいた。意識が朦朧とするなか、以前より痩せてしまった育代さんの顔に、窓の外に見えた満月が重なって見えた。春彦さんの目にはきっと、出会った頃の真ん丸な育代さんが映っていたんですよ。久しぶりに笑う月に会えて、幸せだったんです。だから……だから、春彦さんも笑ったんです」

「……！」

再び涙のスイッチが入りかけた育代に、須美子は慌てて続ける。

「ねえ、育代さん。春彦さんが望んでいたのは、育代さんが『笑う月』でいることですよ。

育代さんが笑っている未来を、春彦さんは願っていたんです。だから――」

育代には、須美子が何を言いたいのか分かったらしい。

「……ありがとう、須美ちゃん」と、ゴシゴシとエプロンで拭いてから、育代は顔を上げる。その顔は、春彦の大好きな真ん丸満月の、でも目と鼻の赤い「笑う月」に見えた。

6

数日後――。

「須美ちゃん、今日はあまり早く帰ってこなくてもいいですからね」

浅見家の朝食、掃除、洗濯、そして昼ご飯の一仕事を終え、須美子が買い物に出掛けようとすると、雪江の声が追いかけてきた。

「えっ、あのどうし……」

靴を履いている途中だった須美子が中腰で振り返ると、雪江はもう廊下の奥へ向かってさっさと歩いて行ってしまっていた。

もしかして――と考え、須美子は急に淋しい気持ちに襲われた。

育代の問題が一つ解決したことで須美子はすっかり安心してしまっていたが、商店街での噂話が、雪江の耳にも入ったのかもしれない。弘樹や健太、それに美紀と同じく、雪江も須美子が花春の育代に仲良くしてもらっているのを知っている。明治時代から続く官僚の家系だけあって対面を重んじる家風だから、変な噂が立つような方とのお付き合いは相応しくないということだろうか。

(クビになったらどうしよう……)

浅見家を出て下を向きながらとぼとぼと歩いていると、須美子はいつの間にか花春の前に着いていた。

体に力が入らず、やけに重く感じるドアをゆっくりと開けようとしたとき、中から声が漏れてきた。日下部と育代の声だった。須美子は期せずして、ドアに手を掛けたまま耳をそばだてる格好になった。

「……少しご無沙汰しました。お元気でしたか?」

「はい、お久しぶりです……」と小さな声で言ったあと、「あの……日下部さん」と意を決したような育代の声が続いた。

「はい?」

「わたし、日下部さんとお付き合いさせていただけて、とても嬉しいんですけど……」

「ええ、わたしもです」

「でも、わたしのことで、日下部さん。その、色々と……嫌な思いをなさっていますよね」

「いえ、何も」

「嘘です。いくら鈍いわたしにだって、それくらい分かります。商店街で買い物をしていると、ご近所の奥様方がヒソヒソ話してらっしゃる内容が聞こえてくるんですもの」

「それは申し訳ない」

「どうして！　どうして日下部さんが謝るんですか？」

「わたしのせいで、育代さんが辛い思いをすることが耐えられません」

「違います。わたしは辛くなんてありません。わたしは、わたしのせいで日下部さんがおかしな噂を立てられるのが嫌なんです！　だから、日下部さんがここへ来てくださるのは嬉しいけれど、また誰かに見られて……」

話の内容が深刻なだけに、今入っていける雰囲気ではない。須美子は隙間から聞こえる声に、固まった姿勢のまま動けなくなった。

育代は嫁いで一年半の間に、相次いで姑と夫を亡くした。その後、ピピタロウとの悲しい別れもあっただろう。それから長い間一人で頑張ってきたのに――と、須美子は天を恨むような心持ちだった。

（どうして……うまくいかないの？　育代さんは幸せになっちゃいけないの？）

須美子は俯いて唇を噛みしめた。

「――今年の六月、生涯学習講座で初めてあなたにお会いしました」

「…………」

「そして三か月後、須美子さんのお陰でお付き合いをさせていただくことになり、毎日のようにこの花春であなたと過ごす時間は、これまでのどんな時より楽しかった」

須美子はドアの隙間から聞こえる日下部の声に、祈るような気持ちで全神経を集中させた。

「いい年をした男がと笑われるかもしれませんが、あなたを思うと夜も眠れず、明け方、窓から見上げた西の空に残っていた月を見て、思わず口をついて出たんです、『今来むといひしばかりに長月の有明の月を待ち出でつるかな』――とね」

(月!!)

須美子は声を上げそうになって、左手で口を塞いだ。一センチほどのドアの隙間からそっと覗くと、育代も驚いて目を大きく見開いている。

「百人一首に月が入っている歌は多いのですが、この歌の『今来むと』というのは『すぐにいくよ』という意味なんです。『いくよねざめぬ すまのせきもり』だけでなく、これにも育代さんの名前が入っていると言えませんか?……ははは、なんだか恥ずかしいことを熱弁してしまいましたかね」

照れくさそうに笑う日下部の声が小さくなったあと、一拍間があいて、突然、店内の空気が張り詰めたような気がした。商店街の喧噪も須美子の耳には一瞬、聞こえなくなったほどだ。

「わたしは育代さんが好きです」

静寂のなか、その言葉は突然響いた。

「！」

須美子は自分が告白されたかのように、ドキッとして息を呑んだ。

「だから、ここへ来るんです。誰に何を言われたって、そんなことはわたしには関係ありません。……ただ、もしもわたしがここへ来ることで、あなたが……育代さんが困るというのであれば、キッパリ諦めてここへ来ることも、もうやめます」

「…………」

「わたしの言いたいことは以上です。何かご質問は？」

日下部は大学での講義を締めくくるように話を終えた。

育代の表情が気になって、須美子はドアの隙間に再び顔を近づけた。

「……何も」育代は笑顔だった。「何もありません。わたしも、来ていただきたいです。これからもよろしくお願いします、日下部先生」

「おっと、先生はやめてください。育代さん」

「じゃあ、日下部教授？」

「ははは、育代さんにはかなわないなあ……」

日下部が困ったように頭をかいている。その姿を見て、育代は声を出して笑った。日下部も髭をふるわせて呵々と笑っている。

須美子はそっと花春のドアを閉めた。

「よかった」と須美子は心の中で何度も何度も繰り返しながら、商店街を歩いた。そしてふと立ち止まり、自分がどこへ向かっているのか分からないことに気づいた。

大奥様から『今日はあまり早く帰ってこなくてもいいですからね』と言われたものの、花春以外、須美子には行く場所に心当たりがなかった。

(図書館にでも行こうかしら。でも、そんな気分でもないんだけどな――)

師走の寒空の下、時折吹く冷たい風が肌を刺す。須美子はあてもなく歩いた。商店街を出はずれ、仕方なく本郷通りの坂を上がる。図書館は結局行き過ぎ、浅見家御用達の平塚亭も素通りする。気がつくといつの間にか、ぐるっと一周する格好で浅見家からほど近い飛鳥山公園まで来ていた。二か月前、弘樹と健太と一緒にここで遊んだ日が懐かしい。

「あっ」

SLが見えるベンチに見知った顔を見つけた。弘樹と健太の父親・木村友則と、出雲幸子だ。

木村が最初にこちらに気づいて手を振る。須美子は軽く頭を下げながら小走りで二人に近づいた。

「こんにちは木村さん、出雲さん」

「お久しぶりです。吉田さん」

「こんにちは」

　幸子は相好を崩して、須美子に自分の隣を勧めた。それほど立派でないベンチに、幸子を真ん中にして三人で腰掛けると、思ったより窮屈で、でも暖かかった。

「新潟県民三人揃い踏みですね」

　木村がそう言って、「まあ、本当ね」と幸子を喜ばせた。須美子も同郷のイントネーションを聞くとなんとなく安心感を覚えた。ただその一方で、健太にこのあいだ言われた言葉が頭をよぎる。

『ぼ、ぼく！　叱られるから……須美子姉ちゃんと話しちゃダメなんだ！』

　──父親の木村が健太にそう教えたのかもしれないと思って、須美子は少し不安になった。

「出雲さんとは時折、このSLを見ながら思い出話をしてるんですよ。今日は少し寒いですが、新潟に比べたら東京の十二月は暖かいですよね」

「本当ね……あら、吉田さん、どうかしたの？　顔色が悪いようだけれど」

　幸子は心配そうに須美子の顔を覗き込んだ。

「あ、いえ、なんでもありません」

「大丈夫？　確か住み込みのお手伝いさんをなさっているのよね。お若いのに大変でしょう」

「そうでもありません。皆さん、とても優しいご家族ですし、もう九年になりますから」

「九年？」

「はい。十八の時から働かせていただいています」

「すごいわね」

「本当ですよね」

木村も心底感心したように何度もうなずく。須美子は、二人とも今までと変わりなく接してくれていることに、ホッと胸を撫でおろした。

「わたしの頃と違って、今は十代で、しかも女性が住み込みで働くなんて、あまり聞いたことがありませんよ」

「いえ、本当にたいしたことないんです。それよりお給料をいただきながら、料理の勉強や行儀作法を学ばせてもらっていますので、恵まれていると思っています」

「なんだか嬉しいわ。こんな素敵な女性が同郷で」

「そうですね。我が新潟の誇りです」

「もう、お二人とも、そんなにからかわないでください」

笑顔の二人に須美子もようやく自然に笑えた。

それからしばらく、新潟の話題で盛り上がった。風が止んでいるせいだけでなく、いつの間にか、須美子の体は温かくなっていた。

「……お、電話だ。ちょっと失礼します」

軽快な音がポケットから鳴り、木村は立ち上がって二、三歩離れていく。

「……はい。あ、いま……ちょうど一緒にいるところだから。ははは大丈夫。言ってないよ……分かった。じゃあ、これから向かうから十五分くらいかな。ああ……分かってるって」

漏れ聞こえてくる内容から、このあと出雲とどこかへ行くらしいことを、須美子は悟った。

「じゃあ、わたしはこれで」

木村が戻って来たタイミングで入れ替わりに須美子が立ち上がった。

「あ、吉田さん、一緒に行ってほしいところがあるのですが」

「はい？」

木村と幸子と共に、さっききた商店街へ須美子は戻っていく。七十歳になる出雲も一緒なので、木村は時折振り返りながら、ゆっくりと歩いている。

「あの、どちらへ……」

「もう少しですので」

先ほどから何度も訊ねているのだが、そのたび木村は笑顔ではぐらかす。幸子は行き先を知ってか知らずか、黙ってニコニコとついてくる。

商店街に入ると一段と喧噪が増した。クリスマスや年越しの準備で人々が忙しげに行き交っている。聞こえてくる話し声に、須美子の心にまたそこはかとない不安が押し寄せてきた。誰かが自分や育代のことを悪く言っていないだろうか？　弘樹や健太、美紀にばったり会ったら、どんな顔をすればいいのだろう。本当は木村も本心を隠しているのではないだろうか。幸子だって実は――。

須美子はすっかり疑心暗鬼に陥り、心の中は爆弾低気圧並みの暴風が吹き荒れていた。

「さあ、着きましたよ」

「え、ここ……ですか？」

木村が立ち止まったのは、なんと花春の前だった。

「……あの」

「さあ入ってください」

木村に促され、須美子は訳が分からずドアを開けた。とたんにクラッカーが鳴り、ワッと言う歓声が溢れだしてきて、須美子は思わずあとずさった。

「お誕生日おめでとう！」

「須美ちゃん、おめでとう」

「須美子姉ちゃんおめでとう」

「おめでとうございます！」

たくさんの声が須美子の耳に、そしてたくさんの笑顔が須美子の目にいっぺんに飛び込んできた。

二時間前には育代と日下部二人きりだったはずの花春の店内が、今は寿司詰め状態になっている。情報処理が追いつかず、須美子が目をパチクリさせていると、「オメデト、オメデト」という声が遅れて聞こえた。佐々木亜希が抱えた鳥かごの中で、黄色いインコが羽を広げている。何が起きているのかまだ理解できない須美子は、亜希の青いワンピースを見て、黒い服よりこっちのが断然素敵だな——などと関係ないことを考えていた。

そして誰かに手を引かれ、須美子はあっという間にその騒々しい店内の中心へと移動させられた。目の前のテーブルの上には、花に囲まれたケーキが置かれている。

「明日は須美ちゃんのお誕生日でしょう！　きっと当日は、浅見家の皆さんがお祝いしてくれるだろうから、今日はみんなで一足早くお祝いしちゃおうって、内緒で計画してたの。サプライズバースデーパーティーよ！　一時間くらい前から全員で手分けして須美ちゃんの行きそうなところに網を張っていたんだけど、うまくいったわね！」

そう言って腰に手を当てて「ふっふっふ」と得意げに笑う育代。

（……そうか、明日はわたしの誕生日なんだ）

須美子はようやく理解し始めていた。

「でも健太、危なかったんだよ。こいつ絶対すぐに喋っちゃうからさ、なるべく須美子姉ちゃんと会わないようにしろよって言っといたのに、捕まっちゃって」

弘樹は健太の頭を指でつつく。

「でもぼく、何も言ってないもん……」と、健太は口をとがらせる。

「えらかったわねえ」と幸子はまるで自分の孫のように健太の頭を撫でた。

「あ、そうだ須美ちゃん」

育代が須美子の耳元に口を寄せる。

「浅見家の大奥様には、このあいだお会いした時に、今日は須美ちゃんのお誕生日をお祝いしたいのでお借りしますって、お願いしてあるから。遅くなっても大丈夫よ！」

「あっ……」須美子は先ほどの雪江の言葉を思い出した。

（なんだ、そういうことだったのか――）と、これまでのいろいろな不安や心配事がストンと腑に落ちた。須美子は自分の早とちりに、名探偵だなんて聞いて呆れると顔が熱くなった。そしてあらためて、集まってくれた人を見回す。

育代と、その横に寄り添うように立つ日下部。

幸子に「うまくいきましたね」と声をかける木村と、嬉しそうに父親の手を握る健太。

その健太に「お前、本当に言わなかったんだろうな」とまだ疑っている兄の弘樹。

鳥かごの中のシズクに、「明日ねえ、須美子お姉ちゃんお誕生日なんだよ」と話しかける美紀。

そんな美紀を見て、目を見交わす晴香と亜希。

どの顔もみんな笑っていた。

須美子は急に言葉にできない感情が胸の内から込み上げてきた。

「須美ちゃん……？」

急に唇を嚙みしめ下を向き肩を震わせた須美子に、育代は大いに慌てた。花春の店内が一瞬にして水を打ったように静まり返り、シズクまでもが羽を畳んだ。

「あ、あのね、須美ちゃん。内緒にしてたのは悪かったけど、ビックリさせたくてね。だから、騙したとかそういうんじゃないのよ、あ、隠していたのは事実だけど……もしかして、須美ちゃん……怒ってる？」

育代が全員を代表して弁解すると、須美子は首を左右に振って顔をあげた。

「怒ってなんていません。そうじゃなくて、わたし……幸せだなって」

頰を伝う涙を拭いてから須美子は、「みなさん、ありがとうございます」と深々と頭を下げた。

その言葉を聞いて、店内もまたさんざめきを取り戻した。木村は頭をかきながら「ここで吉田さんが怒り出したら、逆サプライズになるところでしたよ」と、いたずらっ子のように笑った。

弘樹は、「ああ、よかった」と言い、健太も「須美子姉ちゃん、驚かさないでよね」と頬を膨らませた。

「じゃあ、須美ちゃん、まったく気づかなかったのね？」

育代は確認するように訊ねた。

「ええ、全然、気づきませんでした」

「みんな、やったわ、名探偵の須美ちゃんに勝ったわよ！」

育代の勝ちどきに、「やったー‼」と三人の子どもたちは狭い店内でピョンピョン飛び跳ねる。

大人たちも拍手をして、須美子の誕生日と共に、名探偵から一本取ったことを祝っている。

「名探偵・須美ちゃんに挑戦っていうの、やってみたかったのよね。あら、でもよく考えたら、名探偵に挑戦するとなると、わたしたち悪役になっちゃうのかしら。ねえ、日下部さん」

育代は「どうしましょう」という顔で助けを求める。

「ははは、そうですな。でも須美子さんのような名探偵に挑戦するのは悪役ばかりとは限りませんよ。例えば世界の探偵小説には――」

日下部が続けようとしたところ、「もう」と須美子が遮る。

「ですから、わたしは名探偵なんかじゃありませんってば！」

涙目のまま怒る須美子だったが、その表情は透き通った青空のように晴れやかだった。


（おわり）

〔特別収録〕

ある日の浅見家…

会員番号1番　内田康夫

はじめて浅見家に来た時、須美子は「なんておかしなお宅だろう」と思った。先代のばあやさんから「皆さんいい方だから、何も心配することはないのよ」と言い含められていなければ、三日ともたずに新潟へ逃げ帰っていたかもしれない。

まず朝の起床時間と夜の帰宅時刻がてんでんばらばらなのに驚いた。

朝、まず一番に起きてくるのは「奥様」の和子夫人。その次が「大奥様」の雪江未亡人である。もっとも、彼女は単に状況を視察するのが目的らしく、一渡りキッチンとダイニングルームを覗いて和子夫人と須美子の様子を見ると、満足そうに自室に引き揚げる。

それが毎日きっかり午前六時。和子夫人は遅くともそれより一分前までにはキッチンに登場していて、お姑さんの顔を見ると、昨夜からずっとそこにいるみたいに、いとも爽やかに「お早うございます」と挨拶する。

夫人のご夫君である、警察庁刑事局長の陽一郎氏のご帰館が深夜どころか未明におよぶことが珍しくないことからいうと、和子夫人が判で押したように早起きするのは、驚異的なことだ。それに較べればまだしも、須美子が午前五時半に起きるくらい、それこそ朝飯前といっていい。

陽一郎氏のご帰館が遅くなると、和子夫人は須美子に先に休むよう言ってくれる。それでもなるべく午後十一時まではお付き合いして、リビングルームでテレビを観ながら編物をするのが、須美子の日課だ。

さて、午前六時半になると、朝食の準備が整い、まず雪江未亡人が、そして女子高一年の智美さんと中学二年の雅人くんが起きてくる。二人とも目覚まし時計に頼ってはいるけれど、朝の支度に和子夫人や須美子の手を煩わせるようなことはない。それから少し遅れて陽一郎氏のお出ましである。夕食を共にできない父親としては、朝食のテーブルで子どもたちと会話を交わすことは、きわめて重要な役割であると考えているようだ。

父と子の会話の内容は日によって変わる。はたで聞いている須美子にも興味深いものがある。主として学校での出来事に関係した話題だが、子どもたちの学校生活の様子など、知っているはずがないにもかかわらず、陽一郎氏はじつに細やかな質問をしたり、示唆に富む話をする。もちろん、ネタは和子夫人から仕込むのだろうけれど、それをストレートに言うのではなく、まるでどこかの世界で起きている出来事のように、子どもたちが客観視できるよう、さまざまに脚色を加えて話す。聞いている須美子でさえ、（へえー、そんなことがあるの――）と、思わず引き込まれてしまいそうになる。

子どもたちから、少しややこしい問題が提起されると、「そういうのは、叔父さんに訊くといいよ」と言う。「叔父さん」とは、いうまでもなく光彦坊っちゃまのことだが、朝食の席に光彦坊っちゃまがいることは、一年を通じて何回もない。

光彦坊っちゃまが姿を現すのは午前九時半頃。稀に早く顔を出すのは、取材でどこかへ出張する時ぐらいなものだ。七時から八時までには陽一郎氏も二人の子どもたちも出掛けてしまい、八時半頃になると雪江未亡人は自室に、和子夫人もご夫妻の部屋に入ってひと休みするから、光彦坊っちゃまが、寝癖のついたボサボサ頭で、時には顔も洗わずに現れる頃、ダイニングルームには須美子しかいない。

「おはよう、須美ちゃん、今日もパン？」

と、リズミカルに、歌うように言うのが、定番の朝の挨拶である。

「はい、それにハムエッグもついてますけど」

「そう、ハムエッグはいいけどさ、たまにご飯とみそ汁っていうのは、できないのかなあ」

情けない顔で、不満そうに言う。そのわりには、とことん和食を要求しないのは、浅見家における自分の立場を自覚しているからだ。三十三歳にもなって、いまだに親の家から出られないでいることに、かなりの負い目を感じているらしい。ご近所の口さがないおばさんは、聞こえよがしに「居候」と噂しているそうだ。

ずいぶん前の話だけれど、雅人くんが食卓で、「お母様、イソーローって何のこと？」と質問したことがある。たまたま夕食のテーブルには光彦坊っちゃまも同席していたから、いっぺんで座が白けた。

そのとき、当の光彦坊っちゃまは、少しもうろたえることなく、

「ははは、それはね雅人、頭のいい人のことだ」

と笑いとばした。

「ふーん、そうなんですか。じゃあ、大木田《おおきだ》さんのおばさんは、褒めて言ったのかなあ……」

怪訝そうに首を傾げた。和子夫人が急いで話題を変えたから、その場は収まったけれど、あとで光彦坊っちゃまは雪江未亡人にこってり絞られていた。

「ああいう誤った日本語を教えてどうするのです？　だいたい、あなたがしっかりしないから、ご近所で後ろ指さされたり、くさされるようなことになるのです」

というわけだ。

まったく、光彦坊っちゃまときたひには、須美子が焦れったいくらい、のんびりして見える。本当はものすごく頭がよくて、刑事コロンボみたいに才能があるのに、それをひけらかすどころか、おくびにも出さない。

いまだって、トーストにバターを塗りながら、パンのくずをポロポロこぼしている。

「あらあら、坊っちゃま、お膝にパンくずが……」

須美子が注意すると、光彦坊っちゃまは慌てふためいて、もう少しでコーヒーカップを引っ繰り返すところだった。

「もう、坊っちゃまの手間のかかることといったら……」

「ねえ須美ちゃん、お願いだから、その『坊っちゃま』というの、やめてくれないかなあ」

「あら、それじゃ、なんてお呼びすればいいんですか？」

「そうだな、名前で呼べばいいんじゃないの？　光彦さんとか」

「えーっ、そんなこと、とても、言えるわけ、ないじゃありませんか」

須美子は卒倒しそうになった。この口から「光彦さん」などという言葉を発したら、恥ずかしくて、全身の血が頭に昇ってしまうにちがいない。その状態を想像しただけで、羞恥で居たたまれなくなって、キッチンに逃げ出した。なぜか涙が溢れてきて、困った。

そもそも、光彦坊っちゃまをこんな具合に縁遠くしているのは、軽井沢に住む作家のセンセのせいなのである。雪江未亡人に言わせると「ヤクザな仕事」ということだ。須美子はそんなふうには思わないけれど、やっぱり定収入のない風来坊（これは軽井沢のセンセの表現）みたいな生活をしているかぎり、なかなかお嫁さんのきてはないのかもしれない。

あの口の悪い軽井沢のセンセのことは、須美子も好きになれないけれど、光彦坊っちゃまの才能を評価しているらしいことは分かる。口の悪さと下品なのは、持って生まれた性格だからやむをえない。それに何といっても「旅と歴史」の藤田編集長を紹介して、坊っちゃまをルポライターに仕立ててくれた功績は認めないわけにいかない。

もっとも、そのルポライターという仕事柄、事件に遭遇するチャンスが多いことは本当に困る。光彦坊っちゃまがまた、事件となると妙に引き込まれる、好奇心旺盛な性格なのが心配でしょうがない。雪江未亡人も次男坊が私立探偵もどきに暴走して、あちこちの警察署の厄介になったりすると、浅見家のホープである陽一郎氏の名声や地位を脅かすのではないかと、ハラハラしている。それもこれもあの軽井沢のセンセのせいだと、雪江未亡人は心底嫌っているらしい。

とはいえ、その雪江大奥様も陽一郎氏も、光彦坊っちゃまの才能はちゃんと認めている。秀才の陽一郎氏も弟には一目置いていて、知人に「光彦にはかなわない」と洩らしているそうだ。光彦坊っちゃま自身、いまの職業に満足しているようで、機会あるごとに、「内田さんのことを、そんなふうに悪く言わないでね」と肩を持つ。じつをいうと、須美子だって内心、軽井沢のセンセに感謝している面がないわけではない。

それというのは、光彦坊っちゃまには女性とのお付き合いのチャンスが数えきれないほどあるのに、そのつど、あのセンセが横車を押して妨害してしまう、という話を聞いたからである。確かに、あの光彦坊っちゃまが女性にもてないわけがない。時には浅見家を訪れる女性もいたりして、傍目にも分かるほど、熱い眼差しを坊っちゃまに向けている。

（ああ、今度こそ、坊っちゃまはあの方と——）と、須美子は心臓が破れそうな不安に襲われる。ところが、事件の捜査が終わってしまうと、どういうわけか女性との関係も雲散霧消してしまう。それがじつは、大嫌いなあの軽井沢のセンセの権謀術策によるものだと分かって、須美子はきわめて複雑な心境なのだ。

そういう切ない須美子の想いも知らぬげに、光彦坊っちゃまは呑気そうにトーストを平らげた。須美子は涙を拭って、コーヒーのお代わりを運んだ。

「やあ、ありがとう。須美ちゃんがいれるコーヒーと、この半熟状態の目玉焼きは、ほんとに旨いねえ」

その一言で、須美子は幸せな気分になる。この幸せな生活がずっと続くように、軽井沢のセンセの、若い女性たちに対する意地悪が、これからも変わらないことをひそかに願うのである。

——「浅見ジャーナル三十号」（二〇〇一年一月二十五日発行）より

あとがき

一九九三年に内田康夫が設立した浅見光彦倶楽部（現在は内田康夫財団が運営する「浅見光彦　友の会」に引き継がれました）。作家が読者のためにと自ら創設したそのファンクラブの会報「浅見ジャーナル」に、内田康夫公認の物語として掲載したのが、『須美ちゃんは名探偵!?「花を買う男」』です。その後、「風の吹く街」と「鳥が見る夢」はホームページで連載。今回、一冊の本にまとめるにあたり、生前、内田康夫に相談していた「月も笑う夜」を完成させました。

物語は十年以上前の時代背景をもとに描いていますので、違和感がある部分もあるかもしれません。また、主人公の吉田須美子をはじめ浅見家のキャラクターなど、内田康夫原作の浅見光彦シリーズとは多少異なる部分がありますが、内田康夫自身も公言して憚らなかったパラレルワールドとして、楽しんでいただけましたら幸いです。

二〇二一年五月

内田康夫財団事務局

【初出】
「花を買う男」……二〇〇九年四月一日発行「浅見ジャーナル六十三号」前編掲載
二〇〇九年七月一日発行「浅見ジャーナル六十四号」後編掲載
「風の吹く街」……二〇〇九年十一月〜二〇一〇年四月、HP「浅見光彦の家」で連載
「鳥が見る夢」……二〇一一年七月〜二〇一二年一月、HP「浅見光彦の家」で連載
「月も笑う夜」……書き下ろし

【参考文献】
『笑う月』『幽霊はここにいる』安部公房

この作品はフィクションであり、文中に登場する人物、団体名は、実在するものとまったく関係ありません。また、作中に描かれた出来事や風景、建造物などは、実際とは異なっている場合があります。

光文社文庫

文庫オリジナル
須美《すみ》ちゃんは名探偵《めいたんてい》!?　浅見《あさみ》光彦《みつひこ》シリーズ番外《ばんがい》
著　者　内田《うちだ》康夫《やすお》財団《ざいだん》事務局《じむきょく》

2021年5月20日　初版1刷発行
2023年2月10日　8刷発行

発行者　三　宅　貴　久
印　刷　新　藤　慶　昌　堂
製　本　ナショナル製本

発行所　株式会社　光　文　社
〒112-8011　東京都文京区音羽1-16-6
電話　(03)5395-8149　編　集　部
8116　書籍販売部
8125　業　務　部

ISBN978-4-334-79192-6　Printed in Japan

組版　萩原印刷